PART

ⓐ

我们从未不认识

早开的晚霞 3　残酷月光 15　神秘嘉宾 29　说谎 41　周末夜惊魂 55
感同身受 65　心酸 77　拾荒 91
Runaway Mama 107　纪念品 123　眼色 141　自然醒 153

TEXT — 万金油

PART

ⓑ

~~我们从未不认识~~

老人与我 169　铁板上的约会 175　猫的眼睛 179　噩梦是…… 183
可食用的这些都还在 185
马桶跟门，到底该不该换成会慢慢合上的？191　和妈妈的最后一餐 195
算式，A ridiculous dream 205　青涩的预言 211
坐明星的车 213　薄唇 217　Paul McCartney is dead 223

TEXT — 林宥嘉

我们从未不认识：林宥嘉音乐小说概念书

林宥嘉　万金油　著

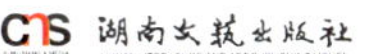

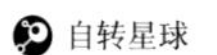
自转星球

HIM

We've Met Before

我们
从未
不认识

We've Met Before

ⓐ

我没有哭，哥哥也没哭，我不哭是因为要装作坚强，他不哭则是不懂。亲戚总说：看那个憨仔，真无情，阿母死了，也不哭，莫怪啦，没感情就是没感情。

早开的晚霞

放烟火了。

下班乘车经过这座城市边缘的跨河大桥，晚霞像血一样溅了一地。有枚偷跑的烟火咻地蹿上天空，崩裂出一窗的亮片火花，开得太早，天未暗，灿烂都还来不及显眼。

我常想起大哥，他喜欢烟花，对天空上炸裂出来的重击声、随之而来的光火，又爱又怕。小时候，过年放鞭炮，他永远挤在最前面看，等引信点燃了，他又第一个跑得最远，他每次都问我："阿弟，你看到鞭炮炸开吗？炸开了吗？我怕怕。"我都回他："你把眼睛闭上，就不怕了。"可是这样看不到烟花呀。""没关系，你把头抬起来，是不是有光透进眼皮，一闪一闪的？那就是烟花了。"

这个问题，我已经回答他三十年了。十岁那年，他从赡养院回来，我才知道，原来我有一个未曾谋面的哥哥。父亲生意失败，母亲卧病，家里付不出赡养费，只好把他接回来。哥哥的眼睛细长，两眼距离出奇地宽，额头比一般人还高。

父亲已没有精力管我，每天早上我从他皮夹里拿一张钞票，解决三餐；哥哥差我三岁，但学校拒收，父亲就任他一人在家，有时替医院的母亲送饭，也就忘了哥哥的三餐，但他总是不吵，总得等人问他吃了没，他才懦弱地回答："好饿，饿！"他从不抱怨，好像早预知自己在这个家是多余的，过多的要求和抱怨会让自己更不堪。

我何尝不是多余的？每天我从父亲的皮夹里拿出钞票时，低头却见哥哥坐在衣架角落，充满畏惧又孤单的眼神，我想，我在学校也是这样的眼神，我没办法向任何人解释为何我过得不快乐，才十岁，连自己也不知道为何一回家就觉得好沉重，不开心。我不参加班上的任何活动，远足、运动会、家长会，我永远是一个人，现在想来，我好像也不觉得有什么不好，并不是我喜欢这样离群索居，而是对生活期盼只会换来失望。

我只记得看了衣架下哥哥的那张脸，我才知道，我在他人眼中，也是一张怎样的脸。哥哥摸了摸我脚上的袜子，上面有小叮当的卡通图案，蓝色的部分已经褪色了。这是父亲事业正好的时候，母亲未病之际，我少数拥有的幸福记忆，父亲到日本出差。买了很多小叮当的周边产品，我从那时候才第一次知道小叮当，十岁之前，是一段被礼物充满的岁月。

小孩儿长得快，十岁之后，那些父亲买的衣物、玩具，大多坏了、破了、穿不下了。过去的美好时光，也跟着这些旧礼物一去不返了，只有双褪色的小叮当袜子，脚趾已经磨出洞了，我仍用针线和双面胶把洞补了起来。哥哥摸了摸我的脚，手指沿着小叮当的轮廓画了又画，像是把玩一件珍贵的古董。

我看了他光光的脚丫，当时是冬天，他不出门，连双鞋也没有，更别说袜子。我不知道赡养院的日子是什么样子，我想问他，却不知该如何问起，我知道，他连收父亲礼物的机会也没有。他手脚在我脚背上滑动的感觉让我顿时悲伤涌起，十岁之后，我很少哭，然而这是我少数抑制不住的悲伤时刻，即便多年后再想起，我仍难掩心中激动。

当时不明白，现在懂了，那个时刻，让我意识到，哥哥是如何多余而不幸地活着，他甚至连一点点的幸福都不曾得到。至少我还收过礼物，而他只得到施舍。

我太畏惧这排山倒海而来的悲伤，我只记得连忙逃离现场，避开哥哥的视线，宛如避开恶毒的诅咒。我没什么朋友，常常一个人在街上游晃，有时在商店偷点小东西，或在同学开心聚会时，从他们身边偷拿一条巧克力、一本笔记本、一支圆珠笔，甚至一个空的糖果盒也好。看他们愈是开心，我就愈忍不住冲动，从他们身边带走一些小玩意儿，好像拿了沾染那个快乐气氛下的对象，把它们紧紧握在手心，就能感受一些快乐正面的温暖情绪。

我的抽屉里，充满这些无用的小东西，抽屉装满了，就拿纸箱装，除非发霉发臭，否则我都不会丢。我喜欢打开抽屉时，扑鼻而来的那股箱子干干的味道，有人说那是霉味，反正我的生活也发霉了，这点霉味只是刚刚好。

每天回家，我就是打开这些“宝物”，每样每样细细地把玩抚摸，哥哥只是静静在旁边看，充满羡慕。他开始问我：上学好玩儿吗？今天有什么好玩儿的事？盒子里有什么东西？那个可以吃吗？好吃吗？这个会不会咬人？会不会吓人？我会怕。我没怎么回答他，只是开始会把盒子里的东西借他玩，偷来的零食也会分他一些。

那段日子，他是唯一跟我说话的人。

我把小叮当的破袜子送他，他的脚有些畸形，前半段向里拗，所以走路一跛一跛，袜子已经过小了，他还是很开心地套上。因为脚畸形，他总是穿不上，我得帮他穿，我靠近他的身子，闻到淡淡的汗臭和尿臊味，父亲可能已经好几天没帮他洗澡了。

某天回家，我的箱子被翻过，抽屉里的东西也散落在地上，从哥哥的眼神，我知道是他。你为什么要动我的东西？我逼问他，在他张口时闻到乖乖的椰子香气，一时怒从中来。你为什么吃我的东西？哥哥不敢看我，低着头，开始碎念今天电视上看到了什么小狗小猫。你为什么要动我的东西？他说，今天趴在窗户上看到隔壁黄太太走来走去……我掌了他一个耳光，热辣辣的痛感，留在他的脸和我的手，他沉默了。你为什么……我冲上前扯下他已经穿不下、只套了前半只脚的小叮当袜子，操起剪刀，发狂般剪烂它，等我回神时已是一地碎布。

哥哥放声大哭，他终于哭了。

我想起，他总是穿着那双不合脚的袜子，不论冷热，都不愿脱下，上面的蓝色卡通图案已经辨视不出，只剩黄黑一片。那是他一生唯一收过的礼物，而我这样亲手把他生活中少数的幸福活生生毁坏，看到从不哭的他，哭了出来，十分痛快，同时又感到无比的悲伤。

哥哥并不记恨，他剩的另一只袜子还是穿着，我一回家他就跛着脚在我身后蹦蹦跳跳，看我在做什么。他偶尔还是会偷翻我的抽屉，会故作镇定把东西堆回去，可是不聪明，怎么都会留下痕迹。我只要回头瞪他，他便像是想起那个袜子被剪碎的场面，低头泫然欲泣，这样的表情，总让我原谅他。

不久，母亲病亡了，那年要上国中，我没有哭，哥哥也没哭，我不哭是因为要装作坚强，他不哭则是不懂。他没有死亡的概念，不懂死是什么，他十三岁才回到这个家，对母亲的记忆淡薄，谈不上什么感情。也因为如此，亲戚总说：看那个憨仔，真无情，阿母死了，也不哭，莫怪啦，没感情就是没感情。

对一个智能缺失的残缺者尚如此苛薄，何况是我一个健全的人，亲戚在背后议论我的不流泪，想必是用更严格丑陋的字眼了。我不在乎，我只想着，有一天我要离开这些人，什么都不要了。

上了大学，我到了大城市，从此不再回家，那里没有什么值得我留念。父亲也鲜少打电话联系，他一生失意潦倒，靠着打零工过活，他像是活着，也像是死去，像是站在你面前，却对周遭一切陌然，像是缺席。他没有酗酒，没有打小孩儿，但也不关心任何人、任何事，他把自己变成一具行尸走肉。

走在路上，我的视线总是刻意避开路上的行乞者，或举牌打工的老人。有次夜班打工下班，我看见办公大楼的清洁老人，牵着一个智能不足的儿子，在后巷整理垃圾，儿子拖着一大袋饮料瓶从电梯走出来，袋子太大，卡在电梯口，门又要关了，袋子被挤破，所有的饮料瓶散落一地。儿子神情慌张，蹲地双手捡拾，但捡了这个，手上又落下一个，怎么捡也捡不完，又更慌了。

这是我少数想起哥哥的时刻，也想起自己的无情。

等我初入社会，工作没几年，父亲死了。一个寒冷的冬天，他在睡梦中，无病无痛地走了，我第一次有恨他的念头，恨他如此干净脱身，恨他对我和哥哥的不闻不问，恨他给我这样的环境，恨他让我连当面说恨都来不及。

父亲走的那天，哥哥如常起床，等着父亲帮他买早餐，他坐了一个早上，到床边摇了摇父亲，却怎么也叫不醒，他就坐在床边等，肚子实在太饿了，他拿着图画纸在床边画画转移注意力，只有画画可以让他觉得开心，手上拿的那盒彩色笔，是我办信用卡送的赠品。

直到晚上，父亲的摩托车挡住了邻居的出入，邻居请他移车，才发现不对劲。哥哥在床上饿到睡着，已经三十岁的他仍像个孩子，紧紧偎着父亲，身边是数张图画纸，画的是看烟火。

在葬礼上，哥哥问："爸爸去哪儿了？"我们都告诉他，爸爸去山上睡觉了。他愣了一下，随即痛哭失声，边哭边说："那就跟妈妈一样，不会回来了。"三十岁了，他终于明白死亡，他的外貌比实际年龄更苍老，头发花白却配着一张稚气肥胖的脸。

父亲没有白活，他的葬礼至少有一个人为他而哭。

我无力照顾哥哥，把他送到赡养机构，但负担不起庞大的费用，最后还是接回来。反正，我都是一个人，这几年我才意识到，我没办法与他人相处，只要与他人共处一室便觉得浑身不对劲，我的工作也是在家接案，只要电子邮件和电话就能敲定工作。我住的地方是城市的山坡上，举目望去，连人影都少见，而唯一和我长期共处一屋的，只有哥哥。

每年跨年，是我工作最繁忙的时刻，哥哥就坐在电视前，看着电视转播，对着灿烂烟火发出惊呼。他开心的时候，会咿咿啊啊叫起来，像是太快乐了，快乐到连话都说不清楚了，但他又怕，烟火炸开时，他时不时双手遮耳。

那年，我骑摩托车，载他上了桥，看烟火。他甚少出门，一时开心地在我耳边唱起了儿歌，我从来不知道他会唱歌。

时间来得早，晚霞刚起，像血一样。一枚错放的烟火，突然升空炸开，哥哥跳了起来，手舞足蹈咿咿啊啊对着我叫。河边风大，把他的一身外套吹得鼓鼓的，晚霞余辉照着他已经爬满皱纹却稚气的脸。我从来没仔细想过，他的喜怒哀乐是怎么回事，而那一刻，我肯定他是彻彻底底地开心。

那天睡觉前，他问我："你会不会也去山上睡觉？不要去，好不好？"

以前大人都说，这样的孩子是来讨债的，等债还完了，他们就要回去。我开始每年载着他去看烟火，看到第三次那年，他身上发现了肿瘤，我在诊室，手指捏着病历，久久说不出话，而脑海里飘过电视剧里的对白："拜托医生，你无论如何都要救我哥，多少钱都没关系。"我嘲笑自己心里这样的傻话，又忍不住躲到厕所里哽咽了起来。

他耐不住激烈的化疗，最终放弃了。他等不到第四次烟火。那是炎夏，他已有些意识混乱了，看到电视转播前几天日本的烟火祭，便错认又是跨年时刻，吵着我带他去。烟火特技绚丽，竟在天边打出了卡通图案，哥哥指着某个图案：“小叮当。”我收拾了桌子，站了起来，走，我们去看烟火。

他身体很虚弱了，即便是夏天，仍裹着厚厚一层外套。又是傍晚的黄昏，我推着轮椅到了河边，跑了好几家商店才买到几盒小型烟火。我点燃了引信，快跑到他的轮椅边，推着他追着烟火跑，他没力气再像之前咿咿啊啊叫了，只轻轻捂着耳，指着天边的火花，他看我点完引信跑到轮椅边的模样很滑稽，咯咯笑不停。

我看着他笑的样子，脸上也笑得更用力，用力到眼泪都流出来了。

这已是好几年前的事了，我至今未婚无子，我始终觉得哥哥像是我的孩子，他是我与这人世唯一的联系，在我们身上的孤单与不幸，只有彼此能相互疗愈，无法向人说去。我不希望他入梦，我担心他在梦中见了我，便不舍得离开，我们这一生已是不幸，早早重新开始吧！人世就只剩我一人，我想着他已出发往另一个温暖的世界，便觉安慰不已。我甚至不再想他。唯有这样，我才能坚强。

也只有，在这样的黄昏时刻，错发的烟火，犹如末日般的美景。我会想起我与哥哥的童年，他在我耳畔唱歌的音调，还有我们站在漫天烟花的夜空下，他始终没有长大的模样。他离开的时候，意识已模糊，我只是想知道，他的心里是不是像在父亲的葬礼上那样，不舍地痛哭了？

所谓的宽容坚强我做不到啊　往后的寂寞年华怎么去消化

我没有给你翅膀　你为什么要飞翔

剩我　一个人　听他们劝我　你在　天堂

我不喜欢有月光的夜晚，所以刻意把夜班排在月底或月初。月光从来不是浪漫的事，走在路上，月光一波一波地扭动，我记起那个晚上，那些事，总让我胸口一闷，喘不过气来。

上个月，病房来了一个晚期重症病人，陪他来的是他的弟弟，病人不太好沟通，有智能不足的问题，连哪里痛、要不要喝水这般简单的问题都说不清楚，要靠他弟弟转达。从四肢的蜷曲和走路的样子判断，应该是长期待在家里，没有得到专业的照料。他弟弟总是皱着眉，不是快乐的人，身上背负着不幸的印记。

我也是不幸之人，能在人群里嗅出相同气味的人。也只有像我这样不幸的人，才能对生死如此无睹，视之淡然。在护校毕业前夕，我就立志要进入安宁照护（临终关怀）的领域，这是一个绝望的地方，你看不到病患有好起来的一天，只有日复一日的崩坏。有学姐做了半年之后，彻底弃守这个行业，生死的反馈太大，没人承受得起。

这一行的每个人，都会记得自己接手的第一个病患过世时的各种细节。肝胆科的小文，她记得那位车祸病人过世时，血溅了她一身。也不是都这么惨烈，心脏外科李美的第一位死去的病人，是一个和蔼的老太太，过世的时候，李美正在交谊厅（摆有沙发、桌子和电视，住宿学生可以翻翻报纸、聊聊天、看看电视的地方）看《康熙来了》，从此她有一整年不再看这个她曾经最爱的节目。内科的阿迪，第一个病人过世，她正在削笔；外科的年年，第一病人过世，她在 key-in（录入）资料……

唯有对外在的生死麻痹，才能在这样的环境存活，她们习惯不表现情感，喜怒哀乐从不在心里留下痕迹，她们表情木然，久了颜面神经也懒得动了，再高兴的事，再悲伤的事，也就这样埋在脸皮底下了。

我跟大家不一样，我不记得我手上第一个走的病人。母亲常说，你这个小孩儿，天生无情，没血没泪。这像是一道解不开的诅咒，我几乎不记得为什么事哭过，或为什么事彻底开心。像我们这样不幸的人，医院是最佳的躲藏处了，我不会因为病人崩坏的身体而难过，不会因为病人离开而整日低潮。

医院，有死人的医院，是个适合没有情绪的地方，只有像我这样的人才能存活下来。没人愿意到安宁病房，我无所谓，并不是我比较伟大，我只是，无所谓而已。

我看过各种惨烈的人生际遇，好一点的，就是躺在床上，在某个夜里，哀号几声，家人在他耳边放他喜欢的老歌，推着病床，哐当哐当，下了电梯，回家断气。我值班的时候，总是听到长廊上哐当哐当的推床声音，那像是死神的预警铃，又有一个人要走了。

当然，偶有“喜剧”发生，有位老太太，孤家寡人住了进来，有天跟照顾她的护士道别，谢谢她的照顾。当天晚上，老太太血压、心跳趋疲软，医生判定是弥留了。我们推她下了电梯，外佣接她回家了。照顾她的小柯是新手，几乎就要在门口哭了出来。隔天，老太太打电话来跟小柯聊天，她没死。小柯五味杂陈，是要气自己白哭了？还是替老太太高兴？但这种高兴也很虚假，她终究是得走的。三天后，老太太断气。小柯没掉一滴泪。好像我们在这场喜剧里，重新适应了死亡。

但不是每个人都能适应，上个月十二床的黄先生，住进来已经一周了，他刚结婚，有个三岁的儿子，鼻咽癌晚期，口鼻变形。黄太太说，老公是个严肃的人，长年在外地工作，小孩儿出生后，他没抱过几次，生病之后，他有天把脸凑近沉睡中的儿子，他想起，自己从来没吻过他，想亲昵地把脸枕在儿子柔软的腹部，好好闻闻婴儿身上的味道，他要记住这个味道，好让自己一人走在黄泉路上不那么孤单，不那么害怕。

他想着离开之后，儿子还会记得他吗？会不会记起父亲，只有刺鼻的药味，和身上器官败坏的腐臭味？想着想着，他竟细细哭出声，儿子从睡梦中醒来，看见父亲迫在眼前变形的口鼻，和呼吸道溃烂的恶臭，童话里的巫婆魔鬼地狱，也不过就是如此。

三岁幼儿承担不起，放声大哭。

从此，黄先生不再抱他的儿子，他暴躁地向妻子发脾气，他们的病房时不时传来黄先生摔东西的巨响。三周后，黄先生过世，我在病房外，遇到来收拾行李的黄太太，她儿子拉着妈妈的衣角说：“生病的大野狼走了吗？我们快点回家吧。”

人世最大的不幸便是，曾经是那样爱过，下一刻却恒久地被抛开。黄先生是如此爱着他的儿子，却被童稚的眼光狠狠地伤害，他连弥补的机会都没有。他的儿子日后也许还记得这段模糊的记忆，并为这段记忆深深遗憾。

我在这对智能不足的哥哥与陪他的弟弟身上，也看到这样的遗憾。弟弟不多话，只是天天帮哥哥换上新袜子，上面是与病人年龄反差很大的卡通图案。我告诉他，病人的脚畸形，包裹太密合，容易发疹子、溃烂，尤其癌末了，免疫力又不好，易感染。弟弟总是低头说抱歉，下次见了仍是帮他哥哥穿上袜子。

之后，我不再说了。我明白，在这有限的时间里，不能只想到病人的生理病痛，还要想到家属的赎罪告别行为。

可以赎罪，总是好的。

我喜欢值小夜班，下班后，走在没有人的路上，心里特别宁静。黑色的柏油路浓得像墨汁，快滴出水来。带月光的晚上，柏油路又是另一种黑，像夜里的海洋，闪着暗暗卷来的浪花。

我不喜欢有月光的夜晚，所以刻意把夜班排在月底或月初。月光从来不是浪漫的事，走在路上，月光一波一波地扭动，我记起那个晚上，那些事，总让我胸口一闷，喘不过气来。

那是我对母亲最后几个残破的记忆。

小学三年级吧？或者是更小了，妈妈那天反常，她提早下班，把我从学校带走。我还记得，那天的天空很蓝，经过操场的时候，还闻到草地刚割完的青草味，妈妈牵着我的手，这是少数她跟我的肢体记忆了。她的手很黏，像是汗，却是冰冷的。她额头冒着汗珠，我记不起她的表情，她发现我在看她，很努力对我笑了一下。

“妈，我想喝汽水。”我因为不用上课，而有种放纵的错觉，事实上，我不爱零食，只是觉得有些不安，觉得想对母亲说点什么话又不知说什么。母亲没有反应，我以为她没听到，但也不敢再提。

她拉着我快步往前走，停在一家杂货店，有些焦躁地跟店家买了一瓶橘色冒着气泡的芬达。理应汽水是冰的，但握在手上却是温温的，反倒是母亲的手冰冷湿透像蛇的皮肤。

“汽水不冰耶。”

“小孩子不要吃冰的。”她没看我，像是对着远方的谁说话。

之后，我跟她搭了好久的公交车，我在车上醒了又睡，睡了又醒。初春的海水浴场还没开张，海风吹起来有些凉，刮在脸上，好像冰箱冷冻室喷出来的寒气。我喜欢偷开冰箱时，那种迎面而来、混着各种食物味道的冷空气。那是家的味道。

妈妈搂着我，坐在海边的石头上。我坐累了，就到沙滩上堆沙，一个人玩很无聊，我不晓得要堆怎样的沙堡，还是要做什么沙雕美人鱼。明明海边是愉快的地方，我却怎么也高兴不起来。妈妈坐在石头上，对着我笑，我挥手，也对着她笑。那一刻，我明白原来假装开心是一件不容易的事。

我们从下午坐到晚上，海边的空气愈来愈冷了，妈妈的头发被吹乱了，但她好像无所谓。“妈，我们是不是要回去了？”我摇了她的衣角，她没有回应。中午那罐芬达，还剩一半，我大力吸了几口，早没气了，只剩满嘴甜腻。

我看着光一点一点变暗，最后只剩月光映在浪上，黑压压一片像柏油路。妈妈安静得让人害怕，我不敢把汽水喝完，当时有个傻念头在脑子窜，好像我把汽水喝完了，就有什么不幸的事要发生了。

我不记得汽水到底喝完了没，我吹着冷冷的海风听着浪声，一路昏昏沉沉，分不清是梦还是现实。

等我醒来时，已经是在家里的床上。母亲站在衣柜前照着镜子，她穿了一件碎花洋装，还擦了口红。她走到床边，摸了摸我的头：“你要乖哦！”然后，对我浅浅地一笑。

此后，我没再见过她。我不明白，她为何还能笑得这么自然诚恳，好像她只是要出门买菜，半小时就回家而已。

母亲是我唯一的亲人，我没见过我的父亲，而她还没来得及告诉我父亲是谁，就在我生命中消失。那几天，我吃光了家里的泡面食物，没去上课，在公园闲晃，被邻居发现，报了警。此后，开始在不同的寄养家庭流浪。我遇到几个中途爸妈都很不错，他们花很多时间陪我，带我出门，但不管去哪里，我拒绝到海边，甚至是泳池。我闻到扑鼻而来的水的味道，便觉眩晕胸闷。

青春期的时候，我常梦见母亲离家时那个笑容，我反复想着那个笑，是终于松了一口气？还是鼓励我好好活下去的笑？也许我对母亲来说，是多余的累赘，因为我的存在让母亲变得不幸。

等到我够大，我从大人的口中拼凑出一点点故事的真相。母亲和有妇之夫生下我，父亲遗弃了她，她从来不提父亲，也不许我问。然后，她有一天也跟父亲一样，突然在我生命里消失，父亲不愿出面处理。外公外婆也早过世，我成了有父有母的孤儿了。

这些年，没有人知道母亲去哪儿了，一点生活的痕迹也不曾出现过，为什么一个人可以这样活着而没有任何痕迹？就算死了，也有具尸体。我甚至留意各种无名尸的社会新闻，想象哪具浮在河里的中年妇女尸体，是我失散多年的母亲。即便是死的，也没关系。

当我还在医院实习时，有天急诊送来一具落水的女尸，通常这只是形式上送过来让医院开立个死亡证明，尸体的家属冲了进来，劈头对尸体又捶又打，咒骂死者的狠心，怎么能带着一个五岁的小孩儿去自杀？而小孩儿的尸体至今未寻获。

我不记得后来事情怎么发展了，脑袋里混乱，心跳加速，童年那段海边的记忆又回来了，我突然意识到，母亲那日也许是寻死，我们都没死成，而我人生的某个部分却从那一刻起，便永久地死去了。母亲必是觉得人生被困住了，求死不能，唯一的解套方式便是遗弃所有的一切，重新开始，像是计算机的 reset（重启）键，删掉过去，干干净净重新开始。我只是那个没删干净的余渣。

我愈懂得母亲的心情，便愈痛恨自己，越发确定母亲那个离去的微笑，是松了一口气。我不确定自己是不是那么想见她，但我仍是会注意路上跟她年龄相仿的妇人，我甚至每隔一阵子便在网络上搜寻她的名字，我知道有一个跟她同名的人在澳门当警卫，另一个是马来西亚某女子中学的排球队队长，还有一个是台湾南部推广有机食品的农夫……我定期在网络上更新这些人的信息，好像她们真的就是我的母亲。

昨天下班，阿长交代，今天有个新病人，老太太脾气古怪，你比较有耐心，你去接吧！我点了点头，没有意见地接下这个病人。不是我有耐心，而是我对任何的辱骂都无感，一个人无感，便什么苦都能忍下去了。

病人的状况很糟，已经出现谵妄的现象，对时空、记忆混淆。老太太有个女儿固定来看她，老先生身体还算硬朗，坐在床前陪神智早已混乱、爱骂人的妻子有一搭没一搭地闲聊。

老太太昏睡的时间愈来愈长了，专业判断不出一周大概会拔管送回家了。老先生站在病房外，默默掉泪，我从旁经过，原打算装作没看见，却被老先生拦住，拉我进去到床边说起了老太太的事。他说，老太太三十多岁才跟他结婚，高龄生了一对儿女，很辛苦持家，他很感谢她，但他也知道她在外面曾经有个女儿，却始终没再见面。老太太连记忆还清楚的癌末日子，也从不提这个在外头的女儿，老先生说他不介意，都这把年纪了，为什么还要把这样的秘密吞在肚子里呢？他不懂。

我有些喘不过气，隔着布仔细看着老太太的脸，我拼凑不出任何关于那个曾经遗弃过我的女人的长相。老先生爱怜地握起太太的手：“她脾气从来不是那么坏，她现在认不得人了，是气自己。”她不是气自己，是恨自己，恨自己可以如此不后悔地遗弃另一个女儿。内疚通常深植在人的意识里，即便记忆不在了，内疚会以另一种变形在身上像肿瘤一样蔓延开来。眼前这个什么都忘记的垂死女人，是以恨自己来赎罪了。

老先生抚着太太的手，我见到太太的右手上有一颗痣，童年不复记忆的细节突然全都跑了回来……妈妈在厨房做菜，我踮着脚扶着桌子看，不够高，看不到妈妈在流理台上变的料理幻术，倒是看见她右手背上，一颗爱心状的红痣。我边看她切菜，边伸手抚着她手上的那颗痣：“是爱心耶。”

我低下身体，假装帮老太太调整点滴，靠近她的胸前观察她的呼吸。我像十八床的黄先生想闻嗅即将离别的儿子身上的味道。我想记住她。

我的口是干的，眼眶几乎要喷出泪来。我大口闻嗅她身上的味道，只有浓浓的药味，什么也没有了。

她是个陌生人，一个满身药味的陌生人。我对她有好多的疑问，而这些疑问却永远没有得到回答的可能。这一刻我觉得母亲是一个比我还不幸的人，她努力在他方重新开始，用不一样的名字，抹去回忆，当一个好妈妈，即便在病末，也不愿松口那个过去的秘密。一旦松口，这些年来建构的日子便是一道谎言，日子成了谎言，她便被打回原形。

我分不出来，究竟是恨还是怀念，这些年在不同的寄养家庭流转，我始终带着一口箱子，里面是母亲离开的那个早上，遗留在衣柜里的衣服。我带着它们一起流浪。每年换季，都仔仔细细清洗防虫，我不愿承认，其实我跟母亲一样，一直在等着一个不会回来的人生。我们都是彼此无法抹净的残渣。

往病房窗外望去，院区的停车场空空荡荡，月色照映，像是小学那年，母亲带我过夜的那个海洋，波光粼粼。

我一直都在流浪

可我 不曾见过海洋

我相信像我这样的人，只是有个小小的开关没被打开，只要开关被正确打开，我就无往不利了。

我是个美女，我喜欢拍照，美这种事，非得让人看见，经由他人的眼睛去验证，才能证实它的存在。我拍照从来不是给自己看，我知道我长什么样子，我也知道自己够美，我拍照是为了听到别人的赞叹。

我也报名参加过电视台综艺节目的美女单元，通常流程是寄照片过去，再由工作人员亲自面试。和我一起报名的大学同学花花，人长得不怎么样，十次有五六次收到电视台的回复，所以电视台的这个流程，我熟得很。有时，我还陪花花去上节目，虽然只是在台下当观众，但大人们不是常说机会是给准备好的人吗？所以每次陪花花去录像，我必是盛装打扮。

有回，我穿着一件紧身洋装，我那一对小“胸器”，挤出一条深遂大海沟，花花在电视台门口见我一身打扮，脸色不太好看，从此她不再找我陪了。我无所谓，一山不容二虎，何况是两只美丽的母老虎，哦，不，只有我一只，花花不算。

说也奇怪，我百思不解，为何电视节目都找花花，而不找我？明明我的美貌胜她许多，唯一一次上节目的经验，主题是“自信美女”，这词我是这样看的：人一美，自信当然就来了。只是我不太明白，那天节目上几个素人女来宾，个个歪瓜裂枣，怎么跟我摆一起？分明是羞辱我。我摆明了，不太想搭主持人的问话，镜头也就少了。少归少，节目播出后，走在路上，开始有路人对我指指点点，原来这就是名人的困扰，我其实只是想低调过日子啊。但粉丝这么热情，也不好辜负人家，我拿起了包包里的粉红小手帕，对他们摇了摇手，他们更乐了，笑得像台风天里的路边招牌，前后摇摆晃不停。

想这些事的同时，我又拿了镜子照了自己，这鼻子、这唇、这眼神，就算不是世间绝美，也算是世间少有了。我左思右想，唯一的解释是：那些女人嫉妒我。女人的嫉妒是很可怕的，偏偏电视台的工作人员又多是女人，一定是这样的。

高处总是不胜寒，先知是孤独的，美女亦是如此。

追我的人不是没有，而多是些“奇形异状”的怪胎，有的是头发大概出生到现在没洗过几次油得像炸鸡排的回锅油桶，至少炸鸡排的油还是香的呢！有的是戴着厚厚的眼镜，讲话结结巴巴，像个变态杀人狂……这些还算普通级，有次，我遇到一个人模人样的，心想，总算来个还行的，一开口却问愿不愿意舔他的眼皮……他的性感带在眼皮！我听了头皮发麻，起身就走，“老师”连拦都来不及拦。

我说溜嘴了，这是“相亲银行”，我们都叫居间拉线的“媒人”为“老师”。时代进步了，连相亲两个字，后面都要加个银行，好不让这传统的男女媒介活动沾染上土气，再叫媒婆，只会让人想到传统戏曲里，那个有三八痣、穿着大红旗袍、走路扭啊扭的大婶儿，我们都管叫他们“老师”，两性关系的老师。

老师劝我，对象不要这么挑，我笑着没回应。心里想着：拜托！爱情能这样随便不必挑吗？不挑还是真爱吗？不要让我翻白眼好吗？凡事求人不如求己，姻缘这事也不例外。我退了相亲银行会员，申请了网络交友的账号，一般人只在个人档案里放个三张，顶多五张照片，我心里又翻了一个白眼，这么几张照片有办法完全呈现我的外貌和内涵吗？我另外附了一个相簿链接，里面的照片有几张我已经数不清了，总之，我每天出门都会自拍，我要把自己的容貌每分每秒地记录下来，证明它的存在。

不过，网络上什么人都有，有些人就是让人不明白。好比，我见了一位极爱自拍的龅牙男，留了胡楂儿便自以为是金钢狼休·杰克曼，结果只是龅牙流浪汉好几天没刮胡子的颓废样儿，他的自拍照真让人无法自拔，就像你在马戏团看到侏儒会忍不住多看个几眼，又像是路上看全身烂疮的行乞者，心生怜悯，却又忍不住心里怪异的欲念，想盯着他身上的烂疮，好好看清楚每个破裂的皮肤皱褶。

他好像是位平面设计师，最爱提他美国留学的日子，他把自己的身体拍入了作品里，鼠标点呀点的，我在计算机这端几乎惊叫了起来。他拍自己的生殖器，虽然加了影像效果，但我还是认得出那是什么。再下一张，是他的肚脐眼儿，不知为何，他的肚脐眼儿比生殖器让人更想吐。生殖器让人想到情色，而情色至少遮掩了这个人的特质。肚脐眼儿则不是，作为身体平凡的一个部位，它没有任何指涉隐喻的遮掩，直接曝陈这个人最平凡的一面，平凡得让人想吐。

我看了一整晚他的照片，等我回神的时候，发现不妙，每张照片都留下了什么人看过这张照片的记录。网络世界究竟是没有隐私的，我上传我的每日自拍照，不介意大家看我，但我最不想让人看到的隐私是：我花了一整晚看了这些脏东西！

●

我知道我是个帅哥，放上交友网站的那些相簿却没什么人点阅，我怀疑是网络公司出了什么错，还特地打电话去问，客服说会帮我查一下，十天了都没消息，一定是出了什么问题。

我不断 reload（刷新页面）就是希望在每张相片下面，显示出谁来查看过这张照片，哪怕一个人也好。这一天，我的工作告一段落，等着下一场会议开始，我打开笔电，点了我的交友页面，想看看是谁来看过，我心脏猛然跳了一下，每张照片都被点了，而且都是同一人，还是个女的。ID 是：dreamgirl（追梦女郎）。我知道我是帅哥，但对于有人如此痴迷我的长相，不意外，却仍是飘飘然。

我不管剩下十分钟就轮我准备报告提案了，滑动了手指，点了 dreamgirl 的档案，天啊，什么 dream？根本是噩梦！这女的两只眼睛离得好开，配上一大张方型脸，活像是某种鱼类……是比目鱼……不，配上那个上唇略薄，而下唇丰厚的嘴型，是鲶鱼。我眼前一黑，觉得像沾了什么秽气的东西，觉得下一场案子提报也会跟着发生不祥的事。

我已经三十六岁了，工作不差，外表不错，怎么一直都没有女友，我一直想不透。我买了所有市面上买得到的两性书籍，研究如何跟女性交往，我甚至参加了知名两性作家大草的读友会，她定期办讲座教男女们如何谈恋爱，每场的入场费用不低，但我还是花了，我相信像我这样的人，只是有个小小的开关没被打开，只要开关被正确打开，我就无往不利了。

我有一份正常稳定的工作，人长得不差（不差是谦虚，其实是挺不赖的），也读过几年书，只是某个我不知道的地方，微微地歪了，才这么没有女人缘，就像工程作业，设计图上一厘米的差异，在实物上却有十万八千里的不同。而我，只是要找出那些微的一厘米差异而已。

一个人的日子很没意思，我很乐于参与各种活动，像是刚才说的大草读友会，我很努力读每一页每一个字，但始终读不透她是什么意思。我写信给她，仔仔细细把我的状况写一遍，为何我没有女人缘？如何才能找到合适的另一半？大草一开始回信得频繁，我都猜想她是不是爱上我了。但我觉得她的信依旧没有回答我的问题，我认为，事情总是有个对错，人生也是如此，把错的、丑的地方改过来，日子就可以过得不同。想到这里，我不禁用舌头轻轻刮过我的上排门牙。

我不是一直都这么帅，从小我就龅牙，同学以取笑我的牙齿为乐，有人说：“你运动会就去跑田径，你的牙齿永远比你的身体早到终点，这是你的强项。”也有人说：“你进便利商店，大概人还在十字路口，电动门就感应到你的牙，自动开门了，店员不知道还以为闹鬼呢。”

分组的活动，我永远落单。从小老师说容貌不重要，重要的是内在，这事是骗人的。好像任何场子，我永远扮演着那个被笑的人，一开始，我沉着脸，更小的时候，是任性大哭，但这永远让你看起来是个弱者，顺了那些人的意思，日后，你就只能在弱者这个位子上，受尽委屈。

大一点，我试着去反击，但反击也改变不了龅牙的事实。最后，我适应了它，我跟着大家一起笑自己，让自己丢脸，把自己变成一个笑话，把最在意的痛点坦陈于阳光下，跟着众人丢石头，仿佛痛的那个人不是我，笑得比别人大声，好显示我一点都不在意。他们还是笑我，但至少，我让他们知道：我不会因为你的笑而受伤，我不会让你如意的。

这一点点表面上的坚强骗骗他人，却是骗不了自己。

工作后的第二年，我拿了业绩奖金去做了牙套整牙，医生说，我的年纪大了，骨头硬了，效用有些受限。我每天忍着像紧箍咒的牙肉疼痛，也不知道到底是有什么成效。一直到一年后，医生说可以拆牙套了，我也不怎么觉得人生有什么不同。

医生拿了镜子给我，叫我笑笑看，我发现我的牙肉不再大片露出，好像是有些不同。医生再秀出我整牙前的照片，要我比较看看。照片里那个胖小子，脸方鼻塌，笑起来的牙肉白花花向外翻，连我自己看了都觉得恶心。

再往镜子里一瞧，和过去相比，我真的是变帅了，哪怕，我现在的牙还是有些龅，但只要比过去帅个三分，那多出来的三分帅度，便在我的内心里日益长大，像是一粒不经心撒下的种子，长出了幼苗，发出了枝干，扎根漫出一片浓荫，好像只要握着那些微的不同，我便能彻底改变人生。

所以，我真觉得人生没什么难事，把错的地方挑出，改正它，就行了。从前那个暴牙丑男，像是另一个与我不相干的人生。

●

我又来参加节目了，是一个相亲节目。

两排男女隔着布帘而坐，大家针对共同的题目发表看法，大家能言善道，像是来做直销大会，而要卖的商品就是我们自己。前二十分钟，我已经浪费太多时间，讲太多关于我美貌的事，主持人一直打断，还反讽我几句，当我是笑话。我这等美女，只能自嘲，容不得他人嘲笑，要笑也轮不到你们。

主持人不点我了，麦克风都在前面几个丑女手上轮来轮去，那个烫大波浪的女人这么会说，怎么不去卖灵骨塔（陵园的一种形式，用于安置骨灰盆）算了？死的都说成活的了。右边那个长直发的，讲没几句就红脸，声音小得快听不见，男人就是吃这招儿，我说，愈是咬人的狗，愈是不会叫，这才要小心呢。坐布帘那头的男生可要睁大了眼，脑袋清楚点才行。

现在是双方问答了，对面有个男人不友善，丢了一个问题过来："三号小姐，你一直对自己的容貌挺有自信的，但通常这样的女人都是有公主病……"

不是的，我没等他问完就接了话。

你们都以为容貌不重要，认为容貌好的女人必是娇纵，我可以明白且坦诚地告诉你，我不是一直都是美女，我天生兔唇，生下来三个月便动了手术，太小了，我几乎没有记忆。我的爸妈很爱我，从小就称赞我美，电视上看到女明星，爸爸就会抱着我说：“我们家的妹妹以后也要上电视演戏唱歌！”从小我就有明星梦，我参加了各种比赛，都没有得名次，但每回比赛结束时，爸爸用他的小摩拖车接我回家，他总是不断告诉我，我是台上最漂亮的小女生。我只要做一点点小事，总是能得到大大的奖赏。

我一点也不娇纵，我感谢我的父母，让我在一个充满爱的环境长大，因为有这些爱，我才能有如此的自信。也因为有这样的自信，当我十八岁的时候，意外翻到小时候的兔唇照片（父母怕我难过，大部分的照片都销毁了），也没有被我自己曾经有这么丑陋的时刻吓到……

事实上，我也曾经怀疑，如果，我没有兔唇，我爸妈是不是就不会这样称赞我？他们是不是因为内疚，而补偿过了头？也许，我真的不美，但我已经习惯当美女了，我要如何接受当一个凡人呢？你们不懂，你们只会嘲笑，自以为不介意美貌，却又是最在意的……

我听到，对面有位先生接话了：“我懂三号小姐，我也不是一直是帅哥，我曾经是大龅牙……”节目现场配上罐头笑声……

●

我听了对面那位小姐的告白，突然觉得人生知音伴侣莫过于此了，和对面那位兔唇小姐配对成功了，眼前的布帘就要拉开，第一次见面了，倒数了，五、四、三、二、一……

三个月后，我们结婚了。

时间它帮我设计 下一秒 谁是神秘嘉宾

小心翼翼 揭开了面具 掌声鼓励

一个人久了，常会自己说笑话给自己听，然后笑出声音。当我笑出声时，却发现隔壁座的乘客好像也发现了天边的烟火，眼睛还带着泪。

说谎

过年了，妈又来了电话，她客气得像是个小孩儿，深怕一个不对头的问题，就惹得我生气。她远绕近扯，说了隔壁那个鲶鱼妹上了相亲节目，顺利把自己嫁了出去，今年过年就要带刚结婚的新老公回老家了。

“人家阿妹都结婚了……”妈这句话说了一半我听得出另一半的意思：像那样相貌的女人都嫁了，你怎么还没消息？这问题被问烦了，一开始还会生气，现在看开了，我回她：“有啦有啦，有在拜拜求姻缘了！”妈妈那头听得出我的自暴自弃和反讽，就也笑了出来，没说什么。

电话要挂了，妈妈有意无意说了：“早点回来吧，林家的小女儿今年也会回来，德国念书好几年了……不说了，早点回来。”

家里那条巷子，我和鲶鱼妹还有林家的珠儿是同年纪，鲶鱼妹是那种拥有怎么被欺负也不哭的顽强力量的女生，好像是天生就知道如何在恶劣环境下存活的杂草。珠儿则是容不下一丝一毫的委屈，从小我就在一旁负责照顾她，两小无猜，老实说，我甚至以为之后会娶的妻子，大概就是珠儿，或至少像珠儿这样的女子。

过年了，我翻着手机上的日历，想着哪天回家，然后又想起珠儿笑起来的样子……

●

每年过年，对于像我这样单身的人都是一种折磨，有次三伯母劈头问我：“怎么没交女友？是不是身体有什么问题？”我一时语塞，办公室待久了，大家习惯表面上的温良恭俭让，少有这等当面插刀喷血的场面。我脸红结巴却坐实了她的想象，三伯母也不待我回答，意味深长一笑，把话题转走了，我连解释都不必了。

转走的话题也没好到哪儿，她问：“工作还好吧？一个月薪水有多少？”我吓着了，低头喝茶，装作没听见。她又问：“有四万吗？”我呵呵傻笑，起身倒水。她锲而不舍：“五万呢？”我把倒得半满的茶，一口吞下。她还没结束："哇，有六万哦。"亲戚这种生物的特点之一，就是擅长帮你的人生下结论做批注。

我月薪六万（但身体有问题）的消息从此在他们之间流传，任我如何辩解，腥膻的谣言版本，永远是最受欢迎的，亲戚永远愿意相信人性最可鄙奇情的故事。

四伯母则是另一种典型的亲戚，从小她一见我和弟弟，便忙着递茶、递饼干，问你饿不饿、渴不渴，她的叨扰是一种大地之母的形式，四面八方而来，让人窒息难忘。都这些年过去了，她似乎忘了我们已经是三十多岁的大人了："要吃糖吗？""要喝汽水吗？""有没有穿外套，不要感冒了。"

她眯着眼，有中年妇女的福态模样，说话细声软调，你永远无法抵抗她从手中递过来的任何食物。她如此对众人嘘寒问暖的体贴，其实并不擅长做菜，也出于节省，就算是过年，餐桌上的菜色也早已是回锅再回锅，青黄的菜叶泛着怪异的油臊味。她夹着一只油亮亮的鸡腿放到我的碗里，她始终记得我爱吃鸡腿，只是这鸡放得有些久了，葱爆红烧过了还是难掩怪异腐臭的酸味。

四伯母当你还是小孩儿，你可不能还当自己是小孩儿，随便任性撒泼说这腿肉不鲜了，就得硬着头皮把肉吃了，这就是长大的代价：你更没理由拒绝长辈们的任何要求，哪怕是碗里那只濒临酸败的鸡腿。

不管是哪位亲戚，共同的话题还是："什么时候结婚啊？就等喝你的喜酒了。"我已练就装傻嘻笑的功力："哎哟，太多位了，不知选哪位好。"长辈说："男孩子还是要结婚之后才会变成男人，才会负责任。"我呵呵笑几声："没办法，我想多看看，多玩玩，喜欢不一定要长长久久嘛。"他们皱了皱眉头，像是看到一个没救的浪荡子。

单身有什么不好？买菜买水果永远不必考虑另一个人的喜好，看电影买衣服永远是我说的算，早餐午餐晚餐要吃什么就吃什么，不必迁就他人。他们不懂，再多的唇舌，他们也不会懂。

我开着车，后面正坐着我爸妈，妈妈开始补充亲戚们一年来的八卦，谁和谁又离婚了，谁和谁又婆媳、妯娌不合了……既然这么多的不合、不愉快，为何还要结婚？难道婚姻是一种逞强、一种自我欺骗的谎言吗？关于亲戚的坏话还没说尽，大伯家已经到了……

●

“怎么年初一，整个房子都暗漆漆的？”妈妈边探着头边发牢骚，大伯母坐在没开灯的客厅里，眼神有些涣散，抬头见到纱门外的我们，她像不认得人似的，连忙起身，重重把木门关上。“阿嫂，是我们。”爸在门外叫了几声，有些无奈。好强要面子的大伯母，娘家有钱，资助了大伯父大半的事业，一向视兄弟们如无物，连大伯父也不放在眼里。

千金小姐的脾气从来只有别人忍让她，而没有她容忍别人的余地。祖母在世的时候，只要大伯母在家，说话永远低着头，不像个婆婆，倒像是家里来帮佣的老妈子。兄弟们年轻时做生意，周转不过来，大伯家大业大，资金充沛，一起长大的亲兄弟是好商量，但中间卡了一个嫂子，每个人都吃过她的苦头。爸爸曾经为了生意现金的周转，活生生在大伯家门口站了一个早上，只为了下午三点半准时把钱转进去。

这会子，大伯母已经认不得人了，大家有所耳闻，但不晓得如此严重。大伯来开了门，连忙赔不是。大伯向大伯母一一“介绍”眼前的是谁，他比着我：“你看，这是老二的大儿子，阿甫，他小时候你最喜欢他……”

大伯母对任何人都不假辞色，也不知何故，唯独对我态度稍和缓，那一分的和缓，在别人的眼里看来，却是天大的恩宠。但大伯母只是空洞地望着我，读不出她脸上任何有意义的表情。

大伯说起刚过世的四伯，过年前夕，肺腺癌走了。把兄弟算了一回，加上老三死得早，现在兄弟也没剩几个了，大过年的，却感伤了起来。不过，也不是全然的感伤，大伯压低了声音："现在，这个老太婆对我可好了，她只记得年轻时好的事，坏的全忘了。"大伯年轻时风流，在外头惹了些风流账，夫妻因而失和，大伯母为了面子忍了下来，但始终没再给他好脸色，而这会儿老了，她竟然把坏的全忘了，一味只对大伯好。她的人生落得像是一道谎言——快乐的谎言。

大伯家的巷口便是三伯住处，当年，父母早逝，兄弟彼此扶持，说好住在附近，好有些照料，于是一个一个买屋置产，就这么隔几个街道就到。只是，距离近了，彼此的心却远了。

三伯走时，三个堂哥小学都还没毕业，三伯母高壮的身材像是这个家的顶梁柱，一个劲地把这个家撑起来，三个堂哥都顺利，有不错的出路。三伯母似乎仍不满足，孤儿寡母的，她打拼惯了，习惯事事比较，至今仍不停息，她爱问晚辈的工作收入、社会地位，她怕儿子们被比了下来，亦或，她担心的是：自己这个母亲做得不够好，害儿子们在没有父亲的家庭长大吃了亏。

她爱摆阔，恨不得所有人都知道她的儿子们个个出息有成就。每年过年，家里必收到她寄来的各式礼品，有时是乌鱼子，有时是大堂哥在国外工作时代购的名贵松露。爸这一口的亲戚，大家都是白手起家，懂得什么松露呢？爸爸头一回收到这礼时，还不认得此物，还问：“怎会有这种黑香菇？”

这话被三伯母当笑话说，好像每说一回，就更显她是位处另一个超脱大家品位的阶级了。今日的三伯母，却罕见苦着脸坐在桌前接待我们，她的衣服仍是雍容华贵，茶仍是当季的冠军茶，点心仍是某条巷弄知名店家排了半年单子才弄到的梦幻奇品。每一年，她总是强留我们在她家里吃饭，不是出于亲情，是出于想让我们见识她家里的排场，那样的场子，我倒觉得还不如四伯母的臭酸鸡肉来得诚恳些。

今年，她不留我们了，也不再问我一个月赚多少钱，打从我们一进门，她就开始絮叨，说起自己的病痛：“我怕是不行了，昨夜背酸了一夜，睡不着。”有去看医生吗？“查不出来，没用，医生全是饭桶。”人病了，排场可没病，她去看病，医生查不出病因，建议她看身心科，她当场发飙要医生下跪认错，菜鸟女医生就这样被她给骂哭了，最后出动主任和警卫，软硬兼施把她请出了医院。

爸劝她要多保重，还随口提了几个中医的名字，三伯母只顾着叹气，昔日撑起这个家的大柱子，转眼也不过是个蛀空了心的朽木。什么病查不出来？不就是心病。儿子如她的期望飞黄腾达了，工作忙到连年假也不得闲，他们说，中国年是华人在过的，我们生意是跨国在跑的，别的国家没休息，我们也休不得。老妈妈守着一个空壳子，就算有上好的冠军茶、用尽关系才拿到的逸品点心，心情还是寂寞清冷的。这病也是个谎言，连自己的身体都给骗了，浑身酸痛难入眠。

想来，向来跟媳妇们处不好，而且刚丧夫的四伯母应该更不好过了。她令人窒息的母爱，令儿子一有了机会便尽可能搬得远，但搬得愈远，难得回家一趟，母亲全面性的关爱一次倾巢而出。看不惯儿子变瘦，便怪媳妇们不下厨，见儿子管教孙子，她舍不得，也有意见。她担心他们受苦，连儿子家的卫生纸用什么牌子都是她的管辖范围。

按照习俗，春节拜年是不走丧家的，但妈妈实在担心四伯母一人过年。四伯母不识字，也不爱与人往来，一辈子会的事，就是做菜、洗衣、拖地，而过年了，这些事不必做了，她的日子一下子停摆了，失去重量，就只等着崩解。

结果，我们错了。

人才在门口，便闻到房子里传来的菜香，这不是四伯母的手艺，她不擅长做菜。是谁？厨房走出来的是她的大媳妇，那个曾经被她骂自私、不尊重长辈的媳妇开了两小时的车回来帮婆婆炒了几道菜，说是习俗要过年祭拜刚过世的公公。习俗只是凑满三道菜就可，图方便买现成餐厅菜色亦可，长媳却炒了一整桌菜，好像一整家子的冷清，都让饭桌上的菜给热闹了起来。

四伯母像是说给自己听，又像是在称赞媳妇："多弄几道也好，这些菜，不错，不错。"她收起昔日苛薄叨念的言语，老伴走了，她仅剩的就这几个愈搬愈远的儿子和媳妇了。媳妇都先示弱讨好了，摆明了是给台阶，哪有不识相还摆谱儿的？

已经闹翻好几年的小儿子也赶在晚餐前回来了，手提了一个黑色的巧克力蛋糕，这也不是四伯母吃惯的食物。她的孙子们晚一点也全会回来，这是给孙子们的食物，而在黑色盒子旁边，是一个小塑料袋，里面装着一个粉红色免洗碗装的糕饼，小儿子说："这是给妈的，她喜欢吃这家的发糕。"

四伯母没时间招呼我们，又像过去自语自语地小声说着："都好，都好，发糕、巧克力都好，过年就是要吃甜的。"她突然想起什么似的，转过头对我说："阿甫啊，有没有结婚不要紧，要紧的是要有个伴儿，有个伴儿啊……”

●

年假结束的回程，黄昏的天边突然射出一枚落单的小烟火，而我好像是唯一发现的人，孤单的人发现孤单的烟火，对这样的念头我突然觉得有些好笑。一个人久了，常会自己说笑话给自己听，然后笑出声音。当我笑出声时，却发现隔壁座的乘客好像也发现了天边的烟火，眼睛还带着泪。

算命的看过我的命盘说：“你命带孤星，得有觉悟。”我一向有这样的预感，总告诉自己，一个人没什么不好，还得忙着向外围的亲友解释不婚、单身的原因。世界如此缤纷，不多玩几年怎么对得起自己？结婚真的就好吗？你看堂哥堂弟们十个结了，五对离婚，三对还在死撑……婚姻制度是政治经济的结合，是资本主义运作逻辑下的机制……念书多念了几年，就能多讲上几句堂而皇之的理由了。

我也开始习惯，只有一个人待在自己的房子里，独处的片刻才能真正的放松。已经好几年了，一拜完年，我便赶着夜车回自己的住处，爸妈也习惯这样的事，我们彼此尽可能不打扰对方。

我一直以为自己独立坚强，这次过年准备了满腔子弹打算响应亲戚们的盘问，怎料亲戚们一个一个老朽，他们不是记忆退化，连自己都忘了自己，要不就是忙着讲述自己的病痛，无暇关心晚辈的婚姻问题了。

每一年，他们关心我的婚姻，却也会有意无意提到珠儿，我们是青梅竹马，又曾经交往过，于是在过年的话题里，我们成了买一送一的话题组合。我并不介意他们提珠儿，甚至我下意识想知道珠儿的近况。

我们高中时交往，又像所有的青梅竹马的宿命，大学分隔异地，自然而然分手了，毕业后，她去了德国，我留在国内工作。这些年了，我早以为忘了她，却有次和交往对象吃饭，对方问："为何你吃饭总是要坐在窗户边？每次有虾，你就主动伸手来剥，我可以自己来，没关系。"我才突然想起，这是跟珠儿交往一直以来的习惯，她不爱晒太阳，我总是刻意坐在窗边帮她挡光；她不爱剥虾，我都会帮她剥好一盘。我甚至后来才发现，和对象吃饭，我总爱为她们点虾，然后剥去虾壳，我没料到，自己竟用另一种方式在怀念她。我真的如此不怕孤单吗？我们习惯向外人解释自己，却忘了自己如何看待自己。

我想着大伯母的失忆、三伯母的炫耀还有四伯母的转变，情感的世界是如此残破，她们彼此试探，还有我满口的自我防卫，到底何者真实，我已弄不清了。

我想，既然是一个人，就得自求多福，细算着明早空闲，不如去庙里点个光明灯，保佑来年平安，事业成功……还有，姻缘善果。

是有过几个不错对象 说起来并不寂寞孤单

可能我浪荡 让人家不安 才会 结果都阵亡

错过了一个年纪，婚姻对你已非必要，感情也是可有可无。情感上某方面是独立了，但另一个不为人知的方面，却变得软弱。

周末夜惊魂

办公室的灯都暗了，扫地的大姐已经把所有人桌边的垃圾桶全套了新的塑料袋，她在电梯门口用抹布擦着电梯按键，连这么无谓的地方都在擦了，代表她暗示我该下班了。这也不是我愿意，事情没办完，我又怎能走呢？也不是我不愿让大姐先走，实在是一个人的办公室，我怕呀。

大姐擦着无谓的电梯暗示外，不时眼神往我这儿飘来，我无视她的试探眼神，她终于忍不住了，走过来："主任，我还得去接补习班的女儿，天色暗了，我怕……"我也是女人，我也怕黑怕暗怕一个人走在街上，何况人家还是一个高中小女生，我能说不吗？碍于面子，我这样回她："啊，我都忘了这么晚了，快回去，快回去。我一个人，没关系的，楼下有警卫。你快走吧。"

大姐的眼神充满疲惫和松一口气，没有丝毫感激，我知道她怨我，是我跟负责这栋大楼清洁外包公司的人说，大楼的人没下班，清洁人员也得派人留守。我不是为难他们，实在是一个人我就容易胡思乱想，愈想就愈怕，愈怕就愈不能工作。

想来，今天已是周五了，办公室的人整天心浮气躁的，好像期待什么大事似的，不过就是周末，有什么好开心的。公司的总机小姐，接个电话，声音也歌舞飞扬似的，只差没拿着电话筒唱起歌来了。业务部的 Terry（泰利）打了那条花哨骚包的领带，八成下班要去联谊。扛着一个运动包包、一身素衣的“陈师姐”，下班要赶去练气功兼打坐。一边照着镜子、短发的小妖，又要去 gay bar（同性恋酒吧）跳舞了。茶水间那一票团购姐妹花叽叽喳喳，是在讨论晚上要去哪家新开的时髦餐厅吃饭。

只有坐在我前面的资深陈姐，跟我一样一脸木然，她有一个五岁的儿子和一个三岁的女儿，平日放在爸妈家，假日带回家，宛若“阿鼻地狱”（永受痛苦的无间地狱），小孩儿无时无刻地吵闹、打架，她倒宁愿在公司无日无夜地加班，至少有钱拿。

我都不属于他们之中任何一个族群，在公司里，升任了一个小主管，以前一起吃喝玩乐的同事，在他们眼里，你就是主管，不再跟他们同一阵线了，有时聊到特定的话题，会陷入尴尬的沉默，或是不自然地奉承你。以前聚餐，我还傻傻参加，意识到气氛的不同，我开始在聚餐里迟到早退，给同事们一些喘息的空间。想来也实在麻烦，后来索性不再参加同事们的聚餐，他们的表情就像刚刚扫地大姐知道可以先走的神情：没有感激，只是松一口气。

在职场上，一旦往上爬了，你就注定错过与其他同事的亲密关系。感情上也是如此，错过了一个年纪，婚姻对你已非必要，感情也是可有可无。情感上某方面是独立了，但另一个不为人知的方面，却变得软弱。我也不确定从什么时候开始，我变得胆小，怕鬼怕黑怕一个人。

我的第六感觉得，好像有不知名的"物体"一直逼视着我，我甚至不敢确定那个"物体"是不是一个人。这事经不起细想，愈想就连洗澡上厕所都会令人迟疑了。我不想为难自己，每次这样的念头在心里有火苗蹿起，我马上转念，默背化学元素表，或是捷运站车次表，从南到北，再从东到西，各背一次。

我从小就爱看恐怖片，可能是看太多了，各种鬼怪杀人变态都在脑里生动地活着，好像生活里的任何风吹草动都可以是群魔乱舞。糟了，人都走了，公司出去的这条路，下了班之后都没人，只开着一间便利商店，让我稍稍觉得有些放心。扫地大姐走了之后，我屏除杂念，专心处理公事，竟然一下子又过了十二点，这可真是糟了，希望能赶上末班捷运。我下意识地望了望窗外的那家便利商店，有对男孩儿和女孩儿站在木棉树下聊天，可真是浪漫啊。花前月下的，我觉得不那么怕了。

只是目光一转回办公室，光线明亮，却望不到办公室那头黑暗处里，有些什么究竟。心里有些慌张，连忙提起包包，往电梯口奔去。电梯指示灯从一楼缓慢上升，一、二、三、四……什么时候才到十二楼？这几秒的时间，却像一个世纪那样长。我不敢回头，我觉得黑暗中像是有道绿色的光狠狠盯着我，只要一回头，我就会跟“它”面对面四目相视。

我拼了命按下楼按钮，电梯来了，我拉紧外套，低着头冲进去，不敢抬头看，我心中默数着数字，等着电梯在一楼大厅开门。叮——开门指示声一响，我便不回头地冲了出去。警卫见我有些不对劲：“王主任，你还好吧？怎么了？”我摇了摇头，这事没办法向人说的，没办法！

明明已是春天了，我却全身发冷，额头冒着汗珠，却没有丝毫的温度，一定有什么不对劲，有“东西”跟着我。走出公司，扑鼻而来的是车子的废气排烟，我闻到这个反而觉得踏实，有污染便有人迹，我不是一个人。

路上没有一人，人行道上两排木棉花像鬼的手，无语向天空伸去，像是要捉住什么。远处的便利商店还亮着灯，刚刚灯下谈天的男女已经不见，我急着寻找人迹，只要有人出现在我的眼前，我就可安心。我用力踩着高跟鞋，声音在空荡的街上回响，真的只有我一人吗？我转头四望，搜寻人影，又怕看到不该看的。

我看到便利商店的店员在对镜子傻笑。

终于进了捷运月台，一阵冷风从耳边吹过，像把利刃轻轻抚过脸颊，一阵阴冷从背脊蹿起。我站在捷运入口的扶梯处，反应式地回头一望，入口处的路灯照得我睁不开眼，背后像黑洞般的夜空，什么也看不清。

进了车厢，人人面无表情，像是僵尸，有的人妆花了，拖着深色的眼袋，腮红的颜色过于死白，是没有生气的脸。眼神黯淡，像失了魂。我默默数了车厢里的人，三十二位，没有交谈。有的是闭着眼，像是睡了一世纪那么长。惨白的日光灯把车厢照得像停尸间一般冰冷。

我开始后悔租的房子距离捷运站这么远，当初看上的是这里的清幽，但房子就跟情人一样，相处久了，你看不到他们的优点，只有不断被放大的缺点。清幽也可以是阴森鬼气。

那十五坪（面积单位，1坪≈3.3平方米）的一房一厅，我看了装潢杂志，四处逛日本杂货店，原以为精心配置，可以换来一个安心的居身之地，没想到，再多的杂货，再昂贵的家具，仍抵抗不住令人畏惧的鬼气。

这几个月开始，我常不自觉在凌晨四点醒来，夜浓得像墨，我只是站在卧室的落地窗前，便被玻璃窗上自己的倒影给吓到了。白天宁静的山间小区，到了夜里，竟然有诡异的鸟叫和远处传来的奇异的猫叫。我大力关了门窗，想把这鬼一般的杂意锁在门外，远处像婴儿哭泣的母猫在发春，尖锐地嘶鸣，我不敢想发生什么事，肾上腺素在身体四窜，于是我失眠了。

从此之后，我买耳塞，买眼罩，我要把一切鬼魅全锁在感官之外。但我依旧在凌晨醒来，却没意识到眼罩，睁开了眼，没见到光，心慌了起来，难道世界没有光了吗？

打开了门，我闻到早上出门时拍在脸上的化妆水气味，水槽的咖啡渣散着湿湿的味道，我不敢开窗，急着拉上窗帘。灯亮了，我巡视周遭，放了热水，想好好放松一下。

热气氤氲，我躺在浴缸里，全身软绵绵地像海草一样随浪而漂，我几乎就要在水中打起盹儿了。客厅里的时钟，嘀嗒嘀嗒的声音传了进来，像是催眠，安抚刚刚一路紧绷的神经。我想拨个电话，跟人聊聊最近奇怪的事，比如电视会半夜突然打开，水龙头半夜会咕噜咕噜地响，我不知道哪里不对劲，总觉得有谁正对着我俯视，看着我的一举一动，甚至洗头时，我都担心有第三只手冒出来放在我的头上……

我不知能跟谁说这些“傻话”，已经成家有三个小孩儿的妹妹说，我是神经过敏，电视半夜打开是我忘了关，或是电压不正常、电视老旧的关系，水龙头的怪声是大楼管道线路老旧不通，进了口气，没什么大不了。

妹妹总是说：“姐，你这么怕，就找一个人在一起啊。”

我快速擦干了头发和身体，换了宽松的棉质衣服。我大力躺在床上，转开了电视，电视那头接的是我的笔记本电脑，里头是刑事局的现场侧拍影片：血淋淋的尸体、被砍下的头颅、血花四溅的凶案现场、像动物内脏的人体器官……这是我入侵刑事局网络，下载而来的影片档案。我不是变态凶手，这些影片也的确令我恶心和害怕，我怀疑这阵子的疑神疑鬼都是看了这些片子的缘故。

我们是做信息安全的公司，有天我拦截到一个暴力影片档案，是一个社会新闻案件，一位富少用电击棒和棍棒，活活将一名女子打死，当电流通过女子的身体，她全身颤抖，随即从下体排出粪便和血水，我看了立刻跑进厕所呕吐。

从此之后，我忍不住不断搜集这类影片，最后入侵刑事局的档案室，偷了这些档案。我不知道，为什么要不断让自己陷在这些恐惧和令人反胃的影片里。只是，当我感到害怕、反胃、脸色发白时，我被情绪充满，满到没有空间感到寂寞，满到忘了我是一个人。

我不是一个人，我不寂寞。

我走在像地狱的月台 耳边汗毛有风吹过来

我知道你在七步之外 埋伏着 准备要 追过来

我逃回十五坪的凶宅 听着像安魂曲的钟摆

我躲进被窝脸色发白 等待着 午夜后 你到来

人生有太多我沒经历过的片刻，手足无措之余，只能召唤昔日那些大众文化产品里的片段出來，加以模仿。

感同身受

夜里常见到那个女人来买鲜奶，她的身上没有颜色。对我来说，灰黑白都不算颜色。而牛奶，跟店里五颜六色的加工饮料比起来，也是没有颜色的饮料，不，它甚至不算是饮料。

我喜欢读推理小说，每天站在便利商店柜台前收钱，看这么多形形色色的过客，看他们买的东西，推测他们的生活是工作最大的乐趣。看起来沮丧的，喜欢买有气泡的饮料，喝下去辣辣麻麻的二氧化碳气泡很振奋人心。愈是劳力工作的人，愈是喜好甜到发腻的果汁奶茶。牛奶，只有两种人买，吃早餐的上班族或学生，还有妈妈，加上少数几个做作的城市中产阶级买回家泡拿铁。

所以，这个穿灰黑白的女子总是深夜和清晨出现，不可能是家庭主妇，若说是“特殊行业”的女子，那装扮气质也不像，她没化妆，一脸哀凄，不会有酒客愿意点这种女人的台。

有一天，她没买牛奶，而是一手啤酒。算账时，不自觉啊了一声，怎么今天没买牛奶?

“有人死了，心情不好。”她好像发现自己说错话，连忙又补充，“医院的病房……我是说，工作的地方……”她不想解释，低下眼，掏皮包里的零钱。

“你不太像……”我话还没说完，她就接了：“当护士还有什么像不像的吗？”面无表情，像是在生气。“你身上没什么药味，医院出来的身上都有股消毒水和化学药品的味道，我闻得出来……”她没什么表情：“我工作的地方是把屎把尿，血花四溅，要也是屎味屁味尿味血腥味，不会是药味。”她把零钱凑足了，放在桌上，提着啤酒就要走了。

“所以，是谁死了？”她回头看了我一眼，停了一下：“一个陌生人。”如果是陌生人死了，何必喝酒?像她这个年纪，也应该工作一些年了，死人怎会没遇过?单单为一个陌生人的死而喝酒，怎么说也不合理。

一个人的大夜班实在很无聊，我还想多问一点，那个臭脸的女人就走了。至少，我知道她是护士，不是酒店小姐，下次也许可以问她，我脸上的痘痘和嘴里的口臭，到底要吃哪种维生素有效。

上班的这家店在小区的巷尾，前面有家早餐店，后面是一排旧式的办公大楼，一过下班时间，除了附近住家的之外，也没什么客人了。何况大夜班，除了凌晨一点的送货员进来补货，一整个深夜到清晨六点才有晨跑的伯伯来买报纸。

送货来的阿源大我三岁，已经结婚，老婆明年就要生了，所以他比谁都拼命，送完补货，隔天早上还开出租车。为了帮他省钱，我常把店里刚过期的便当、泡面、关东煮，包在黑色大塑料袋里让阿源带走。

反正，这也是要丢掉的东西，才刚过期一两个小时，不会有问题的。公司规定，怕外流的食物不新鲜会造成纠纷，禁止我们这么做。可是，这种你知我知的事，我们不说，公司又怎会知道呢?

上大夜班最难熬的就是无聊了，我每天十二点就包好过期的食物等阿源来，阿源时间较充裕时，我们就坐在柜台后方，边吃过期的便当配过期的饮料，听他说妻子怀孕后，性情如何大变，日子如何艰苦。话是这样说，但实际上生活也不是真的只有苦难而已。如果真的那么苦，阿源又何必跟我要这些过期便当，忍受这一切呢？日子还是有些期待而温暖的事吧，阿源只是不说而已。

阿源嘴里还塞着食物问我："喂，听说你好好的大学不念，跑来当店员，是什么意思啊？"你好好日子不过，生什么小孩儿，结什么婚，落到这样吃过期便当，才是什么意思咧！阿源鼻子喷气，翻了一个白眼："不想说，算了。"

也不是不想说，只是也不知该从哪里说起。

大三下学期那年，去上课的路上，突然觉得一切好没意义，同学们已经在准备就业的考试，也有一些还是沉迷于与各校女生联谊。我不属于这两类之一，我只是，不知道自己该干吗。从宿舍走到教室大约十三分钟，在这十三分钟之内，我决定休学了。

爸妈知道了，非常生气，我赖在大城市里，不愿回家，找了一个随便的大夜班工作，随便也还能凑和。你说这样快乐吗？好像也说不上。那是不快乐吗？好像也不是。也许人生绝大多数的时刻就是如此，说不上快乐，也非不快乐，一种低荡的灰色地带。若灰黑白不能算是颜色，那么此等灰色的生活，也不能算是真正的活着。如果人生大部分时间都是这样灰灰蒙蒙的，那算什么活着呢？何必忍受那些不必要的折磨苦痛，上什么当代政治学理论、政治统计学方法呢?

那十三分钟的路上，我想的就是这个。这话要怎么跟阿源说呢?他怎么会懂，懂的话就不会结婚生子吃过期便当了。当然，要是我跟他说了，他懂了，是不是回去干脆把妻子杀了，弄个一尸两命一了百了呢？我想着这样的念头，不禁扑哧自己笑了出来。夜班工作没有人，我就这样习惯自己说话给自己听了，算是奇怪的工作职业病。

我在柜台上方的镜子，看到自己傻笑的样子觉得很滑稽，用眼角余光看到一对男女垂着头，带着怒意走了进来。通常这个时间，不会有人，脑子闪过该不会是抢劫吧?

男的拿了一罐咖啡重重砸在柜台前，付了钱之后，转过头去咕噜咕噜大口狼饮，女伴苦着脸，几乎就要哭出来了。我晾在一边有些尴尬，女的开口了：“你难道就这样算了吗？”男的低吼：“不然你还要我怎样？”说完把罐装咖啡砸到垃圾桶里去，桶里发出了闷声，看来咖啡没喝完。当店员最讨厌的就是没喝完的饮料丢到垃圾桶，汤汤水水发酵，清理时简直像是发臭的劣等酒类。

而买咖啡这等饮品的人，大多是为了冷静和提神，想必这对男女也是折腾了一个晚上，为了某件事争执很久了。男的转身就走，女的追上去："你怎么这样不负责任？我怎么办？"男的似乎没有要停住的意思，只丢下一句："不关我的事啦。"

男的骑上机车，女的就呆站在便利商店的门口。

我常觉得深夜里的便利商店又华丽又寂寞，通火如白昼的日光灯，五颜六色花哨甜腻的产品，整齐列在架上。空无一人，像是世界末日，核爆后的幸存场所。曾有人形容过"切尔诺贝利核电站事故"（人类历史上最惨烈的放射性污染灾难）几年后，周遭的花草开得奇丽硕大，却闻不到香味。深夜的便利商店大抵就是如此，奇丽硕大而无味。

被遗弃的女子穿着棉质的运动裤，罩着针织衫。初春的天气有些微凉，门口那株木棉花夜里的黑色剪影看起来像是魔鬼的手指，而一团一团肉质的花朵像是手上关节的怪瘤。女子站在树下，像是就要被一只鬼手捉住。她在树下嘤嘤哭了起来，我走了出去，问她需不需要帮忙。

她哭得一把鼻涕一把眼泪，咒骂男人都一样，不负责任，只想到自己。哎呀，小姐，你别这么说，也不是所有男人都这么坏啊。

"有时候，我只是想要有人陪而已……"这我懂，我懂。"你懂什么？"她瞪着我。我懂你在讲什么啊，这世上的人总是容易感到寂寞，好像一个人就活不下去，非得拉着一个人伴着，好像两个人一起寂寞，那就不叫寂寞了。

“说得好像我很怕寂寞，你知道最怕寂寞的其实是男人。公兔子若离开伴侣，单独养着，即便供给足够的食物。它还是有可能一夜就死掉，你知道为什么吗？公兔寂寞到死了。所以日本人还替这样怕寂寞的男人取名叫‘公兔族’。”“那是兔子，人是人，不一样。”“好吧，那我再告诉你好了，美国有一项统计，中老年丧妻丈夫一年内没有再婚或找到伴侣的话，五年内就会痴呆或是死亡；而女人丧偶一人也可以过得很好。这告诉我们两件事：寂寞不只是心理反应，还是一种身体伤害，以及男人比女人还怕寂寞。”

真的是这样吗？“你有女朋友吗？”没有，只有一些短短的暧昧、手牵手的纯情之爱，也不知为什么就一直没有下一步，我也不知道问题在哪儿。不过，你看，我不就一个人好好的吗？早上，人们上班起床，我下班，在路口郝阿姨的店里吃早餐，她大概是我一整天少数见到的人之一了，接着回家睡觉。然后起床，进店里工作，大夜班一个人都没有，只有阿源，我是说那个送货的，有时阿源货多一忙，下完货不到三分钟就走了。

所以，我最耐得住寂寞了，你说的公兔啦、丧妻的中年男子，都跟我不一样啦，你以偏概全了。女子早已不哭了，倒是睁着一双眼，瞪着木棉花上的树枝："你是孤僻，跟寂寞没有关系。"她又接着说，"就好像一个从没看过牙医的人，却告诉我，他不怕拔牙，这不是很好笑吗？"

话也不是这样说……"你大概觉得这世上很没意思吧，太多的折磨，太多的苦痛。既然难过，干吗在一起？既然在一起这么痛苦，干吗不分开？但也不是所有的事都有个对错之分，就算有了对错，人之所以为人就是明知苦痛还是拼命往里头钻啊。"她开始说起刚刚离开的那个男友，男的喜欢吃肉，她喜欢吃甜食；男的喜欢看运动频道，她喜欢看没大脑的偶像剧；男的睡前一定要把所有的拖鞋对着地板的线排好，她晚餐的碗筷永远要等到明天早上才洗。她常常不知道他在想什么，他也不是那么在乎她要什么，生活细细琐琐的摩擦，累积的不是冲突，而是愈来愈对彼此疲惫，而伴随疲惫而来的是无法向对方倾吐的寂寞空洞。

你说的我也有些明白，毕竟，电视小说流行歌曲都唱过演过寂寞，我知道那是怎么回事。"真的吗？当每个人都在唱寂寞，把寂寞挂在嘴边，那还有谁是不寂寞的？每个人都在说寂寞，其实寂寞就不在了。就像忧郁症，大家流行往自己身上贴，当作都市病，好像多寂寞一些多忧郁一些，人就多一些现代感了，当大家都一样忧郁了，都一样了，还有什么忧不忧郁的呢？”

我把手上的可乐罐，一手捏扁。我们常活在别人的故事里，尤其那些我们从没经历过的事。好比，早餐店的郝姨老公走了，我学着电视剧演的那样，用相同的口气要郝姨保重，并学电视上演的那般，向前抱了抱她。郝姨有些惊愕，我也突然觉得尴尬。人生有太多我没经历过的片刻，手足无措之余，只能召唤昔日那些大众文化产品里的片段出来，加以模仿。

我想起大一那年暧昧的小帆，我们走在月光下的校园，春天的杜鹃开得像火一样，我想这应该是浪漫的吧，但我心里没有一丝一毫关于浪漫的喜悦，我不断回想各种爱情小说的桥段，反复与现状对比，不断唤起心里应有的浪漫激动。我喜欢小帆，我想接近她，想触碰她，但我不知如何表达，我甚至疑惑，所谓的爱就只是这样吗？一点也不激昂，一点也不怦然，这还算是爱吗？

我和小帆沿着学校的树荫大道走了好几回，她低着头，背后的颈子有漂亮的弧线，她讲着白天上课的老师、同学们的琐事，我只是听，还有点头微笑。说到最后累了，我们就坐在石椅上看着被风吹动的树梢。然后，小帆有些打盹儿，轻轻斜倚在我肩上，也不知坐了多久，我摇醒她，送她回宿舍。

隔天之后，小帆不再与我亲近，上课不再同坐邻座，下课也不再一起吃饭，我有些怅然，像失恋一般，却又不知如何是好。几个月之后，小帆和系上的一个学长交往。我的失落更深了，我很想问她，但又不知该问什么、从何问起。

“你在这店里应该见过形形色色的奇怪客人吧？”说奇怪倒也还好，有坚持要我用右手拿吸管和收据给他的，也有坚持要在门口绕两圈再走进来的客人，说不绕两圈会招噩运，还有跟我要了热狗的番茄酱加在香草冰激凌上的。说怪也是怪，但仔细想也没什么。我又把从买饮料与人的职业性格观察跟她说了，还说了那位为陌生人而哭、只买牛奶的医院护士。

她啧了一下：“我爸是工人，工地建房子的那种，每次做完满身汗，他不喝冰水也不喝运动饮料，只喝甜到发腻的果汁，但他倒不是像你说的，劳动工作需要糖分热量，或是体力透支需要口味的刺激。他说，他小时候家里穷，偶尔去了一趟高级餐馆，配的就是这种甜腻的人工果汁，其实，他所谓的高级餐馆，现在看来，也不过就是普通的家庭餐厅，他只是在辛苦的工作时，能借着果汁，幻想那个美丽的报偿。好像生活再怎么辛苦，那一点点果汁，就提醒他，辛苦会有代价，那个在他看来是享乐而期待的餐馆。”

她拍了拍身上的落叶站了起来，我问，所以刚刚你和男朋友是怎么回事？“没怎么回事啊。”可是你刚刚哭了，不是吗？“我的猫走丢了，我们找了一晚上，男友他累了，耍了点脾气就走了，唉，其实也不能怪他啦，早上出门，我没把窗子关好。”

“我以为，你们……”她掏出手机，show（秀）出一张猫照片，半边脸黑斑，模样奇特。“就这只，你有看到的话，麻烦告诉我。”她在我手上写了男友的联络手机和e-mail（电子邮件），临走之际，像想起什么似的：“你呀，最大的问题就是，对生活没有感觉，没有感觉的人却又误以为了解他人的故事，懂得他们的笑，懂得他们的哭，那不是了解，是误解，你的人生就是充满了各种误解。没有生活感，对一切没有感觉的人，是无感，不是坚强。”

我看着手上略略晕开的数字和英文字符串，笔尖留在皮肤上的些微搔痒才刚消失，我竟有些感到寂寞了。

在同一本小说（像你像我）主角无分你我（是你是我）

别人的遗憾当中看到自己犯过的错 有那么多人在寂寞 就没有人寂寞

那些笑容 都是为了什么 那些折磨 是怎么样解脱

有人快乐 我们都会快乐 有人寂寞 谁还敢说寂寞

那些大家一眼看穿的事，你就是得配合着演，绕一圈，让那些简单的事变得复杂些，因为这些复杂，反而有些遮掩，大家可以睁一只眼闭一只眼过下去。

心酸

嘿，小黑猫，你怎么了？等它从黑暗里慢慢走了出来，才发现，它不是黑猫，是脸黑掉一边的小怪猫。黑色的斑恰巧从鼻梁上一分为二，一边白一边黑，啊哈哈哈，你看看你，这是什么怪模样啊？

一整天的鸟气，好像从这只可笑的猫身上得到解救了，说是鸟气，也都只是一些鸡毛蒜皮般的小事。世道如此恶劣，大学毕业没多久，就能在这样的老板身边工作，同辈的朋友都很羡慕。然而，外人看是一回事，真正活在其中的人，又是一回事，他们羡慕的是这工作的外皮，而这世上，外皮愈是炫目引人的，通常内里是愈加让人失望的。

老板大我没几岁，是这几年走红的两性作家，她在像我这样的年纪，就已经靠写书买房置产了，而我现在大概连一个停车位都买不起。我读她的书，但不能说是她的书迷，就算是神，在神的旁边久了，也会对神产生厌倦，更何况，大草她不是神。

大草是她的笔名，最为人津津乐道的是她对爱情的“警句式”写作，短短的句子，道破男女千言万语的关系。然而，我每天例行性整理稿件的工作，看久了，也就看出些公式了。简单地说，就是把一个大家都知道的普通事，用花哨的语言、奇特的比喻，重新说一遍，有人说，这叫文学技巧。但对我来说，这像是棉花糖，咬下去甜甜的，一入嘴却什么都没有。

男人像棒冰，只能用温情去融化他；过去累积的伤心次数，决定一个人将来可以有多成熟；不愿意离开你，是因为舍不得放弃这个深爱你的自己；别再哭了，他永远不会为了你的泪水而多停留一秒……每次下班，我便在 Facebook（脸书，一个社交网络服务网站）上发一则自创的大草式短讯，我的 Facebook 只有我姐和我弟，还有几个不太熟的高中、大学同学。他们初始以为我感情遇到什么波折，后来发现我只是没事嚷嚷，他们按个赞或是留个笑脸便离去了。

他们并没有联想到大草，可能是我模仿得太拙劣了，也可能是他们从来没注意过劣等货与他们日日奉为恋爱圣经的大草语录有何不同。这世上，盲目的人居多，所以才需要救世主，才需要直销事业，才需要神棍。

当大草助理的工作说简单也简单，说复杂也挺复杂的，从细琐的倒茶提包包拿外套，到整理稿件、处理信件、安排行程。大草的行程很多，却只用我一位没经验的助理，我也不知道为什么，只有一次年终聚餐，她带着几分酒意说，我很像她年轻的时候。明明才大我五岁，什么年轻的时候？会不会太夸张了？她就是爱这样倚老卖老吧！

大草说真的，并不美，就只是一个普通人。她极爱化浓妆，想必是个自卑而不安的人，明明年纪不大，却有股过时的作态感，喜自称少女，故作精明状，视男人于无用，却又极度渴望男人的爱。喜欢说自己老派，也实际上是个老派，还是个不太惹人欣爱的老派。她爱说自己是公众人物，言行要小心，出入要戴墨镜大围巾，够老派了吧？这个年代，就算是蔡依林走在路上，也不会用这套打扮。

说这么多，可我并不讨厌老板，只是有些看透她而已。她还是有些优点，好比很有爱心。说一个人有爱心，在这样的时代，像是一句讽刺，因为全身上下没得称赞了，才只好说她有爱心。这样的说法，我几乎无法反驳，我的老板，大草，她真的是有爱心，但除此之外，也没什么值得一说的优点或太过头的缺点。

她看到虐猫的新闻会流泪，每个月固定捐款给动物之家。有人欺负她这个弱点，便把不要的小猫小狗往办公室丢。她每看一回就说得十足铁心，拿出去扔了吧。明明知道，一整个办公室都是女生，没人狠得下心去扔这些小动物，只要有一个人开口，通常是傻头傻脑的总机小妹起头："草姐，它们很可怜，刚刚还喵喵一直叫……"这时，大草就会双手一挥，把小猫小狗接过去了。

她不想让人觉得她是个好商量的人，又或是，她不想让自己柔软的那一面轻易示人，是你们求我的，我才帮忙处理这些猫猫狗狗，可不是我天生善良好欺负哦！仿佛说一个人天生善良，在这个社会是比问候对方母亲还要不堪的脏字。入社会这几年，我至少明白的一件事就是：那些大家一眼看穿的事，你就是得配合着演，绕一圈，让那些简单的事变得复杂些，因为这些复杂，反而有些遮掩，大家可以睁一只眼闭一只眼过下去。办公室大家不见得对猫狗有什么爱心，因为知道草姐会接手一切，大家便懒得去惹麻烦，配合演出，求她收留。

就好像大草书上的那些字句，没有什么你不懂的事，但绕了一圈说，你便觉得醍醐灌顶了。

看着眼前这只小黑猫，第一个念头是明天上班带去给大草瞧瞧，她一定也会为这滑稽的长相而笑出声。只是，想到早上在办公室受的鸟气，我便有些不甘愿去取悦她了。

只是，唉，这猫好像跛了脚，后跟的皮毛有些血迹。算了，先带回去再说了。

●

一早到了公司，我已有些忘了昨天会议里草姐给我脸色的模样了，我急着想跟她分享这只小丑猫。有时候我也很受不了自己，什么生气的事，隔天醒来就忘了，只会记得草姐平常要我早些下班，早些交个男朋友，她平日还是有些温情的时候，好像只要有这样的温情时刻，我就能一直原谅她了。

怎知，一到公司大家都铁着一张脸，我手提的纸箱装着小猫，一路鬼叫，竟也被办公室严肃的气氛给吓着了，沉静了。什么事？我拉着总机小妹问，说是有人来闹事。有什么好闹的？我们这种爱情两性出版小公司，写不死人的，又不是卖减肥药，一本书才几百元（台币），又不是直销要你一次掏个几千几万（台币），怎么会有纠纷呢？

小妹低声说，是一个男的，每次恋爱不顺利，就发信到报社。

大草在报社有个读者来函专栏，专解决男女的感情问题，这专栏通常也是不痛不痒，给不了什么大意见，通则不外劝合不劝离，劝守不劝躁进，跟世上算命先生的话差不多，给不了你明确的指示，只给你模糊的暗示，让每个人在这些暗示里看到自己想要的部分。

这男的有龅牙，大草说，恋爱与皮囊外壳无关，重点是你如何看待自己，若你真这么在意龅牙，就去整牙，现代医疗科技这么发达，这个很容易办到。也许，借由外表的改变，你对自己的看法不一样了，有了自信，恋爱也许就会顺利一些了。这是大草的回答，并没有太多不合理之处。

这男的整了牙，不知哪儿出了问题，恋爱依旧不顺，依旧写到报社发问，大草劝了他几次，他不满意，越发勤写信，从一周一封，到一日一封，后来索性就写到公司来了。我们不以为意，就当作一般过度热情的书迷，通常冷处理一阵子，他们觉得无趣，便也就会自然消失。这龅牙男显然不是如此，他今天亲自来公司，吵着要见大草，但时间还早，她还没进来，龅牙男不甘心，说他要在这里等。小妹说，不太方便。“什么不方便？你们公司大厅这么大，我坐一角等，又没碍到谁走路，怎么不方便？做人有必要这么苛刻吗？”小妹被唬呆了。“瞪什么？不然叫你们主管出来问问，我在这儿等会碍着谁？你问他，我可不可以等。”

小妹领着小翠过来，一早办公室没人，小翠也不过是比我资深几个月的同事而已，两个小女生就和龅牙男对看着。我提着小黑猫进来，听了小妹这一番过程，丢下一句，要等就给他等吧，反正楼下还有警卫看着。

数十分钟后，大草进来了，龅牙男跄步上前，我们都吓了一跳，该不会是什么伤害事件要发生了吧？只见龅牙男，从那件皱巴巴的外套口袋，掏出一枚皱巴巴的红色纸袋。

“大草，我要结婚了，这是给你的喜帖，谢谢你。你一定要来我的婚礼哦。”手里捏着皱巴巴的信，龅牙男笑得也一脸皱巴巴的模样，咧嘴而笑时，他的上下排牙齿整齐排列，一点都不龅了，那口编贝般的牙只有在牙膏广告里才会出现。龅牙男显然知道他的优势，他舍不得把笑收起来，就多僵了那么几秒，我都忍不住算了他口里露出几颗牙，不多不少，八颗牙，是选美比赛的标准笑容。

●

大草收到龅牙男的喜帖有些沉闷，我带来的那只黑猫，她看了一眼，便没说什么地搁在一旁。看到她不开心，我更是把昨天会议上她给我的脸色忘得更彻底了，我不喜欢办公室的气氛僵冷，主动说些笑话，拿点零食在大草眼前晃一晃，因为年龄相近，她有时便也这样放任我玩闹。只是这次，她无动于衷。

“每个人都在谈恋爱呢。”大草自言自语说了这句话，伴着重重的叹气。作为两性畅销作家，到底感情世界如何？我们这些亲近的员工也一无所悉。我接了几句无关痛痒的笑话，大草心情还是没有起色。没头没脑又接了一句：“我昨天好像看到他了。”谁？“以前喜欢的人。”

照理职场上的关系要干干净净，不该听闻老板的感情世界，以免日后麻烦，但她此时却当我是自己的妹妹般，又讲了下去。这个男的是她高中同学，两人秘密相恋，同班的人无人知晓。每天黄昏，她就在操场边看着他跑步，一圈跑过一圈，他从她身边错身而过时，眼神就死死盯着她。在人群的空隙里，他总会俏皮地对她挑挑眉，或是噘起嘴，隔空送起飞吻。

即使人多如蚁，她总能穿越人群适时接住他的各种情爱讯息。那个操场像是怎么跑也跑不完，犹如绵绵不绝的爱意。待日落了，她陪他到校门口的自助餐厅吃饭，两人散步回家，走走停停，聊聊未来，聊聊身边的琐事。那条通往家的长巷，像是怎么也走不完，十六岁的她，以为所谓的一辈子，大概就是这样，悠长却甜蜜得望不到尽头。

等等，你说的不会是你的初恋吧？十六岁……

大草有些不好意思，这不仅是初恋，还是唯一的一场恋爱。呃？那……你满纸的爱啊情啊，两性关系什么的……这是欺骗读者吧？

怎么会是欺骗呢？教生死学的教授，难道就真的去死过一遍吗？我也从没公开说过我的恋爱经验丰富，再说，人的情感都是共通的，只要多一些想象力，多一些知识的累积，都能说出一番道理的。

我抚着怀中的小黑猫，听你的才有鬼咧，那些警句式的爱情小语，那些趣味的爱情比喻，不过是回避内心空洞，对世界的无知所产制出来的垃圾吧！一时间，我竟有些瞧不起她了。

她真的回到十六岁，像少女一般叨叨絮絮讲些往事，好比操场的天空有多蓝，他牵着她的手时那种心跳的感觉……这些话比她出版的那些书还无聊，一个无聊的人写的书比本人有趣，这样说来，也算是种写作能力了。想到这儿，心底发出刻薄的笑声了。

你在笑什么？她这么一问，我才发现，她也在笑，但她笑得春暖花开，和我心底的冷笑实在不同。她也没发现异样，拉着我的手，要我跟她一起去见那个男的——她还真当我是她妹吗？

●

当人助理，有时就是刀山火海什么都干，之前看到电影《穿普拉达的女王》时便心有戚戚，倒不是说大草为人凉薄，而是身为小助理、小秘书，为了一份饿不死的薪水，得把整个生活跟工作都搅在一起。

总之，我奉命陪草姐回母校看这位初恋情人。这事为何非得拉着一个人做呢？我想，她的内在人格，某部分其实还停留在十六岁，那个年纪的小女孩儿需要第三人的眼光、他者的确认，爱情才算存在。

她都打探好了，那男的留在母校教书，周三下午没课，她只是坐在校门口对面的泡沫红茶店，等着他从门口走出来。我不明白，这到底是为了什么？草姐说，只是想确认，那天路上看到的人，是不是他。这有什么重要的吗？那天路上，他回头望了一眼，眼神又像高中时代那般，穿过了人群，抵达彼岸——这个彼岸当然指的是她的心。一切又回来了。

我很想追问，你们后来怎么分的手？分手这么多年，你回头是想确认什么？你们当时是进展到什么阶段？不论我问什么，草姐都是神秘一笑，你年轻，你不懂的。又来了，倚老卖老。

我已经喝完一大杯珍珠奶茶，甜得发腻，跟店家要了白开水，已经是第八杯了，人还没出来，倒是大草仍一派兴致勃勃的模样。当我喝完第八杯，准备迈向第九杯白开水时，玻璃落地窗外的校门口，一个高挺的男子走了出来，我下意识认为，应该是他吧，那个模样和气质连流汗、呼吸都会散发费洛蒙。我转头见草姐，她整个人像是沸腾的气泡，坐立难安，好像只要再一点点，整个人就会汽化成水蒸气了。

我没见过这样的草姐。

是他吗？她不语。是他吗？她沉默，但亢奋。唉，你什么都不说，那我今天是来干吗呀？唉……那男的走向我们店里，玻璃门推开，挂在上面的铃铛发出清脆的声音。怎么办？他认出你了吗？怎么会往你这里走过来？我也跟着兴奋了，拉着草姐的袖子，低声叫吼着。

草姐只是瞪着眼，看不出什么表情。

男子点了一杯半糖去冰的四季春茶。我那鸡婆不成熟的个性又犯了，逾越了雇佣之间的分际，只想着，都等了这么一下午，草姐与他这么久没见面，若是这样再错过，没有认出彼此，岂不令人扼腕？这种男女主角百转千回的重逢却错过彼此的戏码，出现在电影小说连续剧里，叫作浪漫，若真出现在真实人生中，这就不是浪漫，是会让人想死。

草姐怎么呆住不讲话呢？那男的已经付了钱，要走了，视线始终没停在店里一角的我们身上。我再也受不了了，跑了过去，拉住那男的手臂。先生，不好意思，那位小姐——他把头转了过去，有些疑惑，哦？

哦？怎么会是这个语气词，恋人重逢不该是从一个哦字开始的。

你不认得她吗？大草此时已经慌了，拉着我想走。男子响应，好像电视上见过……两性专家，不好意思，我不太看这类的书和节目。

什么？她不是你高中的女朋友吗？你要不要再看一下，你这样说电视上看过，也太伤人了吧？

困窘却拉不走我的大草已经夺门而出了，男子事不关己，低头喝起他的四季春茶了。一时间，我明白了。

●

走出泡沫红茶店之后，我立刻回到小助理的身份位子揣想这一切，我不敢回公司了。我见到草姐的秘密，她在爱情世界里替自己编织出来的一个小幻想，就因为我的好事，狠狠被戳破了。

我在校园里瞎绕，看到草姐口中那个跑也跑不完的操场，看起来不大，大概恋人的眼里，只要跟爱沾上边的，尺寸都会立刻变大十倍吧，即便那个恋人是假的。我坐在操场边上吹风。

隔天，我工作没了。

在那之后，大草上电视特别爱谈“失恋”，有次我看到电视里的她是这么说的：什么是失恋？就是在回家的路上，走过那条和他一起走过的街，原来也不过就这么短，曾经以为的一辈子，其实只是一瞬间……

她曾经在精神上完完全全拥有他，经历过这件事，她彻底失去他了。她从没恋爱过，却因此明白失恋后的心酸是什么。

这世上没有完人，每个人心里都有些病兆，而大草是乐在病中。

走不完的长巷 原来也就那么长

跑不完的操场 原来小成这样

那些每日一点一滴消逝的事物，生活在其中的人从来不会意识到。好比记忆，我们永远不知道自己忘了什么。

拾荒

车子开到了早餐店这个路口，就知道快到家了。这家店是我离家之后才开的，照理不会跟我的人生有什么交集才对，是去年那次，车开到了巷口，便看到爸爸从这家早餐店走出来，原本以为，妈走了不过两年，爸就搭上了早餐店的郝阿姨吗？这个念头这样闪过，来不及苦恼，我就看到爸拖着早餐的纸箱出来。他身材不高，那些箱子已经是他半身高了，像是压着他的下半身，他只能吃力向前挪步。

我把车丢下，抢着跑过去帮他拉身后的那堆纸箱。我问，爸，你拿这些纸箱干吗？他的眼角鱼尾纹泛着汗珠渗入皮下，有些不好意思，欲言又止。我看到他另一手提着一个大卖场的购物袋，袋子口满出来的是客人喝过的塑料杯子，有些杯子还留着奶茶淡褐色的汁液。爸，你拿这些是要干吗呢?

有种奇特的羞辱感在我和他之间漫开，我为他手上的垃圾感到羞愧，他为我的尴尬反应感到羞愧。郝阿姨说，现在纸价高，这些纸箱很值钱，老人家收这些东西，当运动嘛。她两三句话，帮爸找到台阶下。

我和大哥商量过，爸是不是生活费不够?大哥找了小弟过来问，你是不是又跟爸拿钱?小弟研究生念了好几年，都还不毕业。小弟说他最近忙着申请打工度假，打算放弃学位了，已经靠家教存了一点钱，就要出发了，倒是大哥你不要这么怕大嫂，拿点钱回家，还要顾忌她的意见。大哥被小弟一语刺中，脸色甚是难看。

大哥把脑筋动到我这里来，你有空就多回来陪爸吧，又没结婚，钱我也不要你出，我出就好了。这世上能用钱解决的事，都是简单的事，这是大哥的哲学。我静静不出声，爸最疼我，从小念的都是私立学校，学费都是三兄弟里最贵的，工作离老家只要两小时的车程，我没有理由不常回来。

只是，回家的压力大，我都得在车子里多坐个十分钟才下得了车，明明是从小生长的地方，为何踏进这个门却是这样难?

这个门这么难回，是有原因的。爸爸总爱跟人说，我在一流的日商证券工作，有个体面的女友，他常叨念我和小文的婚期。有口难言的是，日商这几年要裁并规模，公司人心惶惶，尤其像我这种年资轻、取代性高的新进人员，往往是裁撤的口袋名单。每天盯着屏幕上的数字，想着不可知的未来，好像我们的人生也像屏幕上的数字瞬间增减，没有任何理由就可以轻易消散。

但我爸不懂这些苦，他一进门见我，那眼神就像是说：我那成才的儿子回来了。这种眼光总是刺痛我，我并没有他想象中的那么有成。小文的事更不用说了，我们已经分手半年了，爸还是经常提到小文，买了好吃的，就要我带一份给小文；看到电视节目介绍各行各业美女，他还会喃喃自语：这怎么比得上我们家的小文呢？

我们家的小文，我们家，听起来格外刺耳，他一定在小文的名字前加上“我们家”，我只能充耳不闻，无法跟他解释。我跟小文从大学就交往到现在，她没有交过其他男友，我也没交过其他女友，听来不可思议，但就是如此，我们认识的爱情，就只限于彼此，别无他人，这不是浪漫，是疲乏，困倦了。

没有什么好或不好，小文只是淡淡然说，要不要分开一阵子，好像没什么力气了。我松了口气，好险她提了，不然我还要撑多久？然后，我们彼此就没再联络，有时候还是会思念对方，想见一面，但那比较像是对一个熟悉的室友的怀念。我们见过一两次，但就只是见面，甚至连上床的力气都没有。我们彼此为没有牵挂而怆然，这么多年的交往，竟然彼此一点牵挂也没有，说散就散，对自己和对方的无情感到不可思议。

我感谢小文提分手，没多久，我接到她的道别 e-mail，她打算出国念书，她原本以为下半辈子就是和我结婚，然后生几个小孩儿，或是不生，只是有一天突然发现，她没办法过这样的人生，开始思考到底想要什么。她还没想到，但至少趁年轻，出国念个学位回来，可以替自己增值。本以为小文从来不会替自己打算，她什么都绕着我转，她为自己做了这样的计划，我有些惊讶，也为她高兴。

只是人生有种被甩开了，身边的人往前走，而我留在原地的茫然。我每天还是进公司，盯着数字变化，跟着心情起伏，有时候午餐时刻，看到天上飞过的飞机，我都幻想，小文应该就在这架飞机上吧？她就要这样走了哦。不知道为什么，每当这样想的时候，就觉得寂寞了起来。

我爸不会懂的，他年轻就相亲跟妈结婚，人生就只有这一个女人。两年前，妈妈乳癌过世，他在葬礼上崩溃痛哭，男人比不上女人的韧性，一敲就碎。

●

我把车子停在郝阿姨的早餐店门口，这是我每次回家的习惯，车上待个十分钟，放空，也没想什么，好像在进门前，要用力把自己全部丢掉，才能重新进这个大门。

我把自己关在车里，将收音机转到最大声，好把自己淹没掉，等我回过神的时候，广播里是一个叫大草的两性专家访谈，忘记前面说什么，也没注意到之后是什么结论，只没头没尾听得一句：人生于世，每个人都是拾荒者。

这个大草是最近上遍各谈话节目的名嘴，两性书籍是畅销榜常客，我从没注意过她，甚至连长相也不记得，但我们都是人生拾荒者，听起来竟有种诗意。我们活在一个被彼此遗弃又互相捡拾的世界。

我还在发呆时，大哥突然往我的窗子大力敲了几下："怎么还不下车？"他身边跟着大嫂，夫妻俩好奇地望着我。我也惊讶，他们现在回家的时间捉得愈来愈准，总是在用餐前一刻出现，用餐完之后，大嫂帮爸洗完碗盘，手上的水还没干，便急着跟爸说再见，赶回家去了。爸也没什么表示，还是一样送他们到门口，看着他们的车开走。

通常，我得跟大哥一起走，否则，大哥一走，我就更说不出口要走了，只能陪爸一直坐到他上床睡觉为止。

这个家让我多待一分钟都觉得烦躁。爸住的这间三十五坪老公寓，理应是空间充足才对，但这几年，他到处收来了各种杂物，已经堆得无立足之地，那些郝阿姨早餐店收来的奶茶杯、塑料碗盘，一个一个洗干净堆叠起来，还有纸箱就平摊在门口玄关。有时候回家，门口多了两只不知哪儿捡回来的破音响，有时候是一整箱工厂瑕疵品的车子后视镜，我还见过一整箱的白布，一问才知是殡仪馆多进的布料，用来做招魂白幡的。

吃完饭的时候，爸会端出他切的水果，而那些水果都摆放在不知从哪儿回收的塑料汤碗里。爸从小就苦，父亲早逝，靠阿妈一个女人养活六个小孩儿。爸长大之后，帮人送货，脑袋灵光，跟货料公司的老板合开了工厂，那几年景气往上走，搭上时代的辉煌列车，改善了生活，摆脱了童年的苦日子。

我还记得，念小学的时候，家里就是整条巷子最早有自用轿车的人家，每周日出游时，所有的小孩儿就站在门口问：你们又要去哪里玩了？我和大哥小弟从来不觉得那样的日子有什么好骄傲的，因为我们天生以为，这样的日子本来就该属于我们，没什么好追问的。

等到我们工作了几年，才知道很多事原本都不是属于我们的。好比眼前这些昂贵的水果，妈妈生病那几年，化疗需要补血，爸爸买了整箱整箱的樱桃，还有每天现宰的鲜牛肉。妈现在不在了，他却每天买着当年服侍妈的食材，最贵的樱桃、量不多价钱高的当地现宰牛肉。

爸不擅料理，鲜牛肉常被他搞得又咸又油的，而像血一样艳丽的樱桃则被摆在一只又一只回收的汤面塑料碗里。我们在塑料碗樱桃上桌时，就知道差不多得起身向爸道别了。

不多待一会儿吗？不了，明天还有工作，还要开会。好……

我和大哥穿过被纸箱盘踞的玄关，歪着身子穿鞋，像逃难似的离家。爸真的这么缺钱吗？我和大哥仔仔细细算了，他完全不缺钱，他日子甚至过得比我还宽裕，就像那些昂贵的进口水果，我是买不起的。

去年，我和大哥凑了钱想帮爸买辆二手车，他拒绝了，多次打听的结果，爸说不想开二手车，仔细一想，是的，爸年轻时日子打拼得辛苦，但赚来的钱，从来没买过二手的东西，更不用说是车了。他一辈子没开过二手车，大哥那辆二手丰田已经开了快五年。这阵子，小弟要出国打工，能省则省地挑了廉价航空，爸也觉得不可思议，出国搭飞机就是要吃飞机餐，舒舒服服被伺候，怎能这么寒酸？

他们那一代辛苦过了，认为只要付出便能享受成果，如此辛勤工作，为什么还要开二手车？为什么还要搭没餐没水的廉价航空？爸不是奢侈之人，他没办法想象我们这一代的人，辛苦是必然的，但能不能享受到辛苦的代价，则是靠祖上积德的机运问题了。这一代的人，谁不苦？但吃得了苦，还不见得出人头地，这是这一代人的悲哀。整个命都拿去拼搏了，也只能换得勉强的温饱。

说到底，我们才是最该拾荒的人了。

在玄关的时候，爸有些扭捏了起来。什么事呢，爸？

他说，下礼拜不能陪我们吃饭了，他要跟“朋友”出门玩。去哪儿？就山上走走而已，刘小姐会开车，我们轮流开，不用担心。刘小姐？我才脱口一问，便想到那是妈妈生前的好友，嫁了姓黄的，我们都唤她黄阿姨，丧夫多年，爸这会儿称她刘小姐，我们便也知一二了。

爸，那你自己小心。我甚至不知道要怎么称呼“刘小姐”了，索性就避过不谈。出了大门，我和大哥商量，刘小姐一直在外工作，人年轻时髦，比爸小十来岁，是看上爸什么？爸不到六十岁就退休了，人一没了工作，自然也就邋遢了起来，不修边幅，终年一件破衫（是真的破，不是形容词），永远不合身的长裤搭脏布鞋。

大哥不置可否，也好，有人陪，日子也过得比较快。我们甚至不知道要怎么关心父亲的感情生活，连插嘴的余地都没有。大哥才讲完，就皱着眉，啧了一声，爸这样真的没问题吗？

我们看了太多连续剧、太多俗气的电影，对于丧妻父亲的第二春常抱着社会新闻案件的奇情想象，但真实人生没小说那么戏剧化，但又平凡到你不知道如何去应对，只好撇过头去。

●

车子停下来的时候，一个闪神，撞到一块肉团似的黑影，我开了门下车查看，早餐店的门口站着一只花猫，回过头来，是脸黑了一半的花色，好像受了伤，一跛一跛的，我想靠近，它却飞也似的溜走。

我跟爸说，回家的时候像是撞了只猫，他有些忧心，他一向是心软的人，便拿了电话拨给刘小姐，要她注意街上的猫，若见到伤猫记得送去医院。讲电话的时候，我发现爸不一样了，他把花白的头发染黑了，是一种小心翼翼的染法，还特别留着一部分花白，不然发色过于死黑，或是不想让别人发现他染发。

爸，你染发了？唉。他只短短应了一声，裤子变得合身了，鞋子也刷干净了，还有两双新的皮鞋，挂在鞋柜。

刘小姐打电话来了，说是找到黑脸猫了，爸说，他去看看，难得见他这么起劲，我立在客厅还没回应，他便一人穿着外套出门了。

过了晚餐时间，他仍未回家，我胡乱下了面条，意外在冰箱发现许多不常在家出现的菜色，苦瓜排骨、鱼香茄子、麻婆豆腐，都是些家常菜，自从妈不在之后，这些菜色就不再出现过。

有这么几个片刻，我以为是妈回来了，而有些激动。我蘸了酱汁放到嘴里尝了一下，这不是妈的味道，下一刻我就懂了，这是刘小姐的菜。妈跟她学过做菜，样子虽然一样，但做菜这回事，就算是跟同一个师傅学，但不同人做，就是不同的味道。

天色愈来愈晚，已经晚上十点了，爸这个时间通常都上床睡了，怎么还在外头？十一点二十三分，爸终于进门，我压着气问他，去哪儿了？唉，跟……那个出去晃晃。那个是哪个？我有些不客气地明知故问。爸像受伤的小孩儿，立在角落，拍去鞋子上的泥土。

见我不发一语，转身回房，爸自言自语，像是说给自己听：“就聊聊天，一聊忘了时间，河堤步道暗，看不准表的时间。”我哦了一声，表示听到了，你别说了。他又东摸西摸到我床边，问起小文的事：“有没有结婚的打算？”

这个时刻问这样的问题，真令我急火攻心，啧了几声，爸，你别问了，晚了，你早点睡吧。不晚不晚，爸有事跟你商量。什么事？不能等到明天再说吗？我是在想，想说——跟刘小姐是不是要有以后的打算？

什么意思？你是说要结婚吗？爸沉默了。

我吼了一声：随便啦。拉了棉被埋头就睡。

●

我跟大哥提了这件事，他只是沉默，爸也没再向我们提起，好像那晚的床边对话是一场梦，我们便也假装这些事从没发生过。

我们照例维持一个月回家两次，每次平均三到五小时不等，在樱桃水果上桌的三分钟后跟爸告别。我们没发现日子有什么不同。我看到爸爸的破衫和不合身的裤子、脏球鞋又重新出现了。我和大哥都视而不见，以前会叨念爸不要省这点钱，穿些好的，不要过得那么穷酸，倒是现在我们都不说了，爸身上的破衫烂裤和脏鞋，像是对我们做某种控诉，而我们不再理直气壮，于是只好沉默，视而不见。

那些每日一点一滴消逝的事物，生活在其中的人从来不会意识到。好比记忆，我们永远不知道自己忘了什么。

一开始只是餐桌上的樱桃不再出现，接着是端出来的菜色常常发酸，我们吃了几口便不再吃。大嫂说，不如下次她下厨，要爸别做菜了。但爸还是忘了，总是在大嫂买了一堆食材回来时，端上那些发酸了、不知放了多久的菜色。

爸，你平常就吃这个吗？他依旧唉了一声，便不再说话。郝阿姨有次拉着我说，你要注意一下你爸，他状况不太对。我不知道什么叫状况不太对，爸只是爱捡破烂而已，没什么不对。

依旧，我们在晚餐后告别，但爸已经不再起身送我们到窄小的玄关，我见到玄关的纸箱已堆了快满一年，都没变卖，转头想跟爸说，该清的东西清一清吧。我却见他坐在竹藤椅上睡着了，电视还在播着嬉闹的综艺节目，我随手关了电视，想叫醒爸，却发现椅子下一摊黄水，扑鼻而来的尿臊味。

爸醒来，问说，小弟呢？下课了吧？我说，爸，你睡昏了吧？小弟出国了，你还去机场送他，嫌他搭的飞机寒酸，你忘了吗？他唉了一声，像是没听见我说的，站了起来，往厨房走去。爸，你去哪儿？我见他那件不合身的裤子大半边染了尿渍。他从厨房里传来声音：你妈生病了，要吃牛肉，补血，奇怪，不是放在电饭锅里吗？肉呢？

我有些心惊和悲伤，他又从厨房走了出来，问我，小文刚走吧？你要好好对待人家，不要辜负她。爸，小文已经好几年没来我们家了。我小声回他，像是在说给自己听似的。

我手忙脚乱，我不知道爸平日跟哪些人往来，不知道他这几年为什么事烦忧，为什么事开心，我完全不知道他的生活。最后，只好拿起爸的手机，他的手机常用名单只有一个：刘小姐。我顾不得面子，问她爸爸最近是怎么了？刘小姐挂了电话，说她过来看看。

刘小姐刚洗完澡，头发还是湿的，宽松的运动服，她轻声细语地问：胜仔，你怎么了？爸的眼神突然对准眼前的女子，双颊有些绯红，笑得像个傻子，一直笑。不，那不是发傻，是遇到恋人才会有的笑容，我也曾经有过那样的笑容，只是忘了，忘了许久，我在父亲的身上见到昔日相信爱情的那种恋人的笑容。

爸伸过手，摸了摸刘小姐的脸，嘴里像是要说什么却卡住吐不出口，啊了半天，他说了出来：“阿娥，你来啦。我的牛肉煮好了。身体有没有好一点？”阿娥是妈的名字。

几天之后，我和大哥把爸送到赡养院，我们完全没有能力二十四小时照顾他。整理这个像仓库的家时，我在爸的床底下找到一个大背包，那个背包是我大学时用旧，丢了又被他捡回来的。书包里，三张存折，我、大哥、小弟各有一张，他把我们给他的零用钱全存了下来，原封不动归还给我们了。存折之外，是我们三兄弟从小到大的各种奖状、习字本、作文稿子、运动会奖章，还有各时期的相簿……

我翻着相簿，发现找不到一张父亲的照片，原来他始终是那个照相的人，他默默在我们的身边捡拾各种日子的碎片，捡着捡着，眼里只有我们和妈，他把自己彻底丢掉了。

丢掉了。我为自己的自私感到愧疚。

我的完整 全赖别人的荒唐

我的灿烂 竟然跟自己无关

谁让我受伤　谁为我拾荒

我的完整 全赖别人的荒唐

我的灿烂 竟然跟自己无关

我曾经像每个小孩儿一样，好奇每天在家的妈妈到底在做什么。我妈不是那种爱跟人聊天的老太太，她没有太多的姐妹朋友，常常就只是一个人在家。像这样一个没有任何好恶情绪的女人，到底在家干吗呢？

晚上六点零三分，我一定会在巷口的斜坡上看到一只等人的猫，它的耳朵被剪去一角，老师说，这是有人把它捉去结扎后做的记号。猫的右脸是一大片黑斑，黑得很好笑，它每天六点零三分准时在坡上出现，过不久，就有个小姐出来喂它，我怀疑它的身体里装了一个闹钟，才能如此分秒不差。

或者说，我觉得这个世界就是一个大闹钟，每个人在固定的时间做差不多的事。如果我有小叮当的时光机，随便回到前几天、前几个礼拜，或是前几个月，我一定找不到任何差异，还能每天过得很愉快。

跟我每天走路回家的是住隔壁巷子的焕民，千万别以为我们是交情多么深厚的好友，我们只是体育课每次分组都落单的人。我长得瘦小，做什么都比别人慢半拍，焕民则是胖，做什么都不灵活。后来，与其让别人挑剩下，不如干脆我们每次分组就直接先凑在一起算了，虽然最后，我们这组还是只有我们二人，但至少，我们不是“被挑剩的”。

我和焕民功课并没有特别出色，也不太懂得跟大家聊天，每次人多的时候，我会想避开焕民。我一个人，像个傻子，和焕民站在一起，两个傻子就显眼多了。而且，我始终觉得，我不是傻子，只是他们不明白，我比那些跟我一样的小学六年级的同学懂得太多大人的世界了，他们还在看《海贼王》，还在听偶像流行歌，那些都太幼稚了。

另一个想避开焕民的原因是，他真的是一个傻子。从小学三年级开始焕民的爸爸就没再回家，连过年都没回来。我最喜欢问他，你爸爸呢？他什么时候回来？他永远睁着明亮的大眼，深信不疑地告诉我：“他下个月就回来了。”但到下个月、下下个月，甚至下下下个月，他爸还是没有回来。这还用想吗？一定是外面有了小三，你们家是不看电视的吗？

他对世界那样坚信不疑的态度让我火大，凭什么他可以这样容易相信大人说的谎话，我看不起他。说了这些，你也别以为我是中途辍学的学生或是父母有人缺席的单亲家庭，我们这个世界，对自己的想象就是这么简单贫乏，我爸妈都健在，都是很奉公守法的平凡人。

平凡有时是种伤害，老师告诉我们，职业无贵贱，人生而平等，平凡最幸福。这种老生常谈骗骗别人可以，骗不了我的，如果平凡最幸福，我这么平凡，为何体育课分组没人跟我一组？我这么平凡，班上最漂亮的晓凡为何从没跟我讲过一句话？我这么平凡，为何老师指派校外比赛，都没有我的份？平凡怎么可能是一种幸福呢？

六点零三分，半边黑脸的流浪猫，还没等到喂食的小姐，眼神充满哀戚——如果有家猫可当，谁要当流浪猫？拜托，不要骗人了！

我爸也是个平凡人，一家贸易公司的小职员，他一年四季一样的西装头（把头发全往后面梳的发型）、浅色衬衫、深色西装裤，还有大卖场买来的黑色皮鞋，鞋头的皮都被踢到掉色。他每天七点零六分准时从家门口出发，出门前套上鞋子，穿上鞋子后右脚会以脚尖蹬地板三下，每回听到他蹬地的声音，我就知道该起床上学了，待会儿我妈必定上来鬼吼了。

爸出门前一定会开电视看一下早间新闻，顺便看一下路况，通常路况报完之后，有段韵律操时间，电视上是一个身材很好的阿姨，不，是姐姐，在扭来扭去。有回校外教学，我很兴奋地早起，我看到爸爸对着电视上的姐姐，傻傻发笑。我顿时替他觉得可怜，你觉得电视上这种漂亮的女人会看上一个皮鞋穿到掉色的男人吗？就像学校的晓凡，怎么会看得上我？我知道她不会喜欢我，我便也从此不再想着她，也不像其他男生讨好她。我不会对着那些注定不会有希望的事傻笑，因为我不想当一个傻子。

●

回到家的时候，妈妈又不在了，她平常很少出门，最近却常在用餐时刻不见人影，回来时，却见她满身是汗，脸色潮红。身上穿的是她平常不再穿的露背小洋装，裙摆长度及膝上，颜色粉丽如少女。

一次如此，两次如此……我已经记不得是第几次了，一年总有一段时间，妈妈就这样不见，然后又出现，她都是选在爸爸不在的时候出门，我深深怀疑焕民家里的故事重演在我们家，只是他父亲做的事，变成了我母亲做。

另一方面，我又不太相信妈妈真的会做出这种事，倒不是说妈妈多爱爸爸。虽然我只有十三岁，但电视上都有演，“相爱容易，相处难”这种道理，我是明白的。爸爸是个严肃的人，不太显露情感（唯一显露感情是在看早间新闻韵律操的时候）。爸爸这个年纪的人，也不像阿公那个年代的大男人，阿公只要坐在餐桌上，就有人端上饭来，他先吃完要离座，大家还要停止动作，站起来，等他走了，我们才能坐下来继续吃。

爸爸没有如此，他偶尔帮忙洗碗，有时候妈妈忙，他也会下厨煎个鱼什么的，但他也不至于像电视上演的，没事就要搂着老婆说我爱你的那种老公。他们散步也是各走各的，没有什么肢体接触。吃饭时，大家会聊天，但都是在各说各的。

比如，妈妈说："隔壁王太太最近要去美国看他儿子。"爸爸会说："最近美国二级房贷闹得很惨，公司生意影响好大。"接着，妈妈又说："王太太的儿子从小就送出国念书，这么小离家，真的好吗？"爸爸则又自顾自地说："现在连欧债也来了，日子愈来愈苦，要怎么养小孩儿啊？"

他们像是在现场，却又像是不在现场，各自和各自想象的人说话。当然，有时候爸爸会丢话过来："小扬，最近学校怎样？""还可以啦，最近在讲要去哪儿毕业旅行，有一批同学说要去泰国，另一批说要去欧洲……我是觉得无所谓啦……"我以为爸爸会问我意见，但并没有，他继续讲他的事。

“我今天回来的路上，竟然在捷运遇到大华，你猜我这个小学同学去哪儿了……”没人响应，爸又边嚼着香肠，边自己讲下去，像是一个不怕冷场的单口相声演员，“他移民去泰国。我问他去泰国做什么？他说卖中药。大华这家伙，从小就怕吃药，结果却去卖中药，哈哈哈……”我不知道笑点在哪儿，爸爸就是笑得很开心。妈妈也没接话，翻弄一下盘里的菜：“今天的小黄瓜好像炒得有点咸。”

于是，话题就结束在小黄瓜有点咸这里了。

我们家一向准时在六点十五分到六点二十三分之间开饭，爸爸有时塞车，卡在路上，妈妈也从来不等。我不知道她到底爱不爱爸爸，也不知道爸爸到底爱不爱她。这一点，我始终没办法看穿。

我甚至不知道妈妈的喜恶是什么。她不会盯我功课，考不好，她也只是问：“怎么会这样呢？”然后皱了一下眉头，“那现在都会了吗？”我点点头，她不放心，把考卷上的每一题细细讲一遍，“所以，现在懂了吗？”我照例点点头，只是比之前点得更大力些，怕不用力点，她又要从头再讲一次了。

我曾经像每个小孩儿一样，好奇每天在家的妈妈到底在做什么。我妈不是那种爱跟人聊天的老太太，她没有太多的姐妹朋友，常常就只是一个人在家。像这样一个没有任何好恶情绪的女人，到底在家干吗呢？

小学四年级，我吃了代课老师发的羊奶糖，他新来的不知道我对羊奶过敏，嘴唇发肿，双颊发烫，其实是轻微过敏反应，但代课老师十分内疚，为了保险起见，送我到医院打了一针，还像煞有介事地送我回家，但我没想到，妈妈不在家。

老师陪我在门口等了一会儿，拨了手机给妈妈，过了一阵子，才见妈妈慌张地从巷口急奔回家。我从没看过这样的妈妈：长发盘了起来，发尾还烫得卷卷的，露出了大半条手臂，很窄的窄裙，像是要把所有下半身的肉都挤绷出来，身上还有淡淡的香水味。因为头在发晕，我甚至觉得这会不会是我过敏太严重发烧看到的幻象。

之后，我进门躺在床上，昏昏睡去，醒来，妈妈又变成素颜，及肩的卷卷头，穿着条松垮的居家裤在做家务，好像刚刚门前作少女打扮的妇人从来不曾存在。

陆续还发生了怪异的事。妈妈的朋友一向不多，甚至有阵子，她还提议把市内电话停掉算了，反正有手机可以联络。要说手机，她办的还是最低通话费率，一整个月打不满二百元（台币，约等于人民币四十元）。因为不常讲电话，连手机也是停产好多年的NOKIA（诺基亚）的旧机型。不讲电话的妈妈，前阵子却办了一部iPhone（苹果手机），这真是太可疑了，我妈连大卖场三件三九九（台币）的内裤都要等到大特价才买，怎么会去买iPhone？做家务的时候，那部手机都不离身，不时传来振动铃声，常见她一人躲在角落对着手机傻笑。爸爸似乎没有发现什么异状，我很不安，故意跟他说："爸，我也要办iPhone。"其实，我一点也不想要。

爸爸的视线从电视移到我的脸上，想了几秒钟："好啊，你成绩进步十名，只要进步十名，我就买，很合理吧，我可没要求你考前三名。"说完，他就沉浸在精通教养原则的理想父亲的幻想里。我心里翻了一百个白眼："可是妈妈有……她又没干吗，为什么可以用iPhone。"爸有些不耐烦："你妈有用到的地方，你不懂啦。"哼，你才不懂呢。

六点十五分，妈妈不在家，我看着桌上那张字条："冰箱有菜，微波后可吃，饭已经在电饭锅里保温。母字。"

●

我决定要拆穿妈妈的秘密。妈妈昨天的手机不断响起，只要是手机密集响起的时刻，隔天，她就会在晚餐时刻消失。

我请焕民帮我请假，没去上课。说起来，我们这种平凡的人，最大的好处就是，说谎时，不会有人怀疑你，因为在他们的眼中，你平凡到连说谎都不会，也许在大家的眼里，平凡跟智能不足大概是相去不远的词。

我先在巷口的早餐店吃早餐，远远等着妈妈出门，早餐店阿姨看我吃了很久，还问："底迪（弟弟），早上不用上课吗？不会迟到吗？"我随口瞎扯："对，我今天身体不舒服，晚点进学校。""哎呀，身体不舒服，还吃这么油腻的东西，阿姨帮你煮个瘦肉粥好了。"想到妈妈不煮饭，都不知道上哪儿去，而眼前这位非亲非故的阿姨却这么亲切，想到我心酸得想哭。阿姨似乎看到我快决堤的眼泪。

"你怎么了啊？怎么现在的年轻人都好爱哭，我们昨天店里的小妹，拿着一堆相片、娃娃，边丢边哭。我问，你哭什么呢？小妹说，她什么都不要了，把一切都丢掉，把一切都忘记，就不会难过了。我说傻孩子，人生在世，有些东西，是你想丢也丢不掉的啊。"

阿姨说的是早餐店的小妹，瓜子脸，白净，戴着一副黑框眼镜，不多话，好像世上一切都与她无关，我看她最想丢掉的恐怕是她自己吧。

我听了阿姨的那些话，岔开了思想，眼泪也收了起来。算算时间，妈妈应该要出门买菜了。我们这一家人，就是把自己固定在时间上，一天过着一天，看不出差异。

我小心翼翼开了门，躲进房间的壁橱里。小时候，妈妈跟我玩躲迷藏，我都躲在这里，但妈妈已经很久没再跟我玩这个游戏了，而我躲在里头，竟然觉得位子好小，背得驼着，很不舒服。

我像小时候那样，留着小小的门缝儿，偷看外头。我听到开门声，妈妈回来了，冰箱的门开了，有玻璃沉闷的碰撞声，是爸爸的啤酒，塑料袋沙沙作响，应该是水果。接着是轻轻的哼唱——我不知道妈妈也会唱歌。

接着是洗衣机轰隆隆的声音，然后伴随着零星手机短信的提示铃声，我看到妈妈的背影对着手机拍掌尖叫，叫完后又哈哈大笑。我觉得好可怕，妈妈是不是疯了？接着，她戴起了耳机，闭着眼，疯狂地在客厅里扭动身体，虽然我不知道她在干吗，但她是快乐的。

“哔——哔——哔哔——”洗衣机洗好了，妈妈完全没注意到，她的头发乱了，衣服也斜垮了一边。她突然安静跌坐在沙发上了，手向上一撩，头发随意散在肩上。她倚着纱窗，望着远方，好像我们小时候养的一只小金丝雀，天天望着栅栏外的天空。

我在衣柜里昏昏沉沉，睡了又醒，醒了又睡，想尿尿就尿在带进来的饮料瓶里。终于等到下午了，妈妈摊开了那件很少穿的小洋装，上面细末的小碎花占了裙摆的一角。她盘起了头发，化了淡妆，然后在电视背后，抽出了一个塑料大牌子，我看不清楚是什么字，她夹在腋下，便急忙出门了。

我连忙跟着出去。

●

那是在离我们小区不远的小商场，今天热闹非凡，舞台前聚了一群年轻姐姐，我一眼就认出来了，这是偶像歌手 Lin 的歌友见面会。Lin 有点年纪了，可是很有熟男魅力，歌迷遍布各年龄层。

我跟着妈妈，却在歌迷人群里跟丢了。个子不高，就是这个坏处，只能夹在人群里，什么都看不清楚。这时不由得又怨起我的爸妈来了，干吗把我生得这么矮！绕啊绕，一直没看到妈妈的背影。歌迷见面会要开始了，舞台上的音响已经开始试音，我又累又渴，掏了口袋里的硬币去买了罐可乐，心想算了，今天就到此为止好了，反正人都来了就看一下歌迷会的 Lin 本人。

我挑了一处高点，拿着可乐边喝边看，喇叭开始播放 Lin 的新歌，音箱太近，我只听到轰隆隆的回音。商场的舞台有些蠢蠢欲动，我伸长了脖子，想看个究竟，结果——是我妈。

先上场的是歌迷自组的团体暖场，配着 Lin 的新歌和舞蹈，我在那个十人的小团体里，一眼就认出妈妈。我从来不知道妈妈会跳舞，她的每个动作都利落有力。我惊讶得忘了时间，脑袋里一片空白，接着，看到妈妈换掉了舞台装，穿了那套出门时穿的小洋装，拿出那个藏在电视柜后头的大板子，上面是写给 Lin 的话。妈妈在台下死命摇着塑料牌，整个人反倒像是绑在上面的一根绳子，风随便一吹就会飘走。

我想，喝醉了大概就是像我现在的感觉吧，头轻轻的。我一直盯着妈妈看，早忘了台上的表演，直到歌迷会都结束了，我还呆坐在高处的矮墙上。突然一个女人站在我的面前："小扬，你怎么没去上课？"是我妈。

今天的刺激真的是太多了，我吓呆在原地，不知道怎么响应。

妈妈没多问："走吧，回家了。"

一路上，我跟在她后面，没说任何话。她掏出了 iPhone，滑开了 MP3，把耳机分一边给我，是 Lin 的新歌。我们坐在公园的小椅子上静静听着，妈妈像是自言自语，又像是在对我说："妈妈以前参加过歌唱比赛哦，那个 Lin 还是妈妈的手下败将呢！你知道手下败将是什么意思吧？"她脸上充满得意，跟我平常见到的妈妈完全不一样。

"可是，最后呢，唱片公司还是签了他，而不是我，我就回头去当上班族，很快就嫁给你爸……我现在也搞不清楚谁是谁的手下败将了。"她有些苦笑，"我不再跟过去的朋友联络，好像人生最大的梦想不见了，整个人都变得羞耻了，像个失败者似的苟活，再去见过去的朋友像是提醒自己是怎么苟活下来的……"我问妈妈，苟活是什么意思，她笑笑，摸了摸我的头。

"不过，我还是很乐意当 Lin 的歌迷，好像他代替我过了我想过的生活。有些东西，你想丢掉、想忘记，怎么也丢不掉啊，最后只好找个方法跟它们共存了。"我跟妈妈要了手上的 iPhone，滑开按键，满满地只有 Lin 的歌曲，还有歌迷会的各种消息。

妈妈说的话，我有点懂又有些不懂，在快到家的那个巷口斜坡，半脸黑斑的猫又在等人了。我想我们的身体都有个闹钟，每天过着一样的生活，做一样的事，平凡或许不是诅咒，那些我们不愿丢掉的东西，是让平凡变得不一样的关键。

半脸黑猫锲而不舍等着喂猫人，日子有了期待，它就变得独特了。

妈妈看了看手表："快点，还来得及做晚饭，你今天没去上学的事，我们晚点再算账。"我突然从妈妈身上，得到一些转变，我在想，明天开始，我是不是应该试着跟晓凡说说话，也许她没那么讨厌我。

她惺忪着眼袋 帮宝贝 穿好制服

时候到去阳台 帮老公 晒 四角内裤

一边预录选秀节目 一边逛逛脸书 熬过发霉的下午

她注视着火炉 忽然间 梦 历历在目

从前有位少女 她快乐 在漫舞

他无法记住这个画面的任何细节，任何细节都是针，往他的瞳孔里刺去。他眼球酸涩，却流不出任何眼泪，他想说些什么，喉头却被哽住发不出声，他想逃离现场，双脚却使不上力……

纪念品

房间的天花板因潮湿而膨起，时而飘下白末如雪。后阳台的排水孔像孕妇每天固定呕吐，那是楼上洗衣机的排水，水排得猛，便从管线四方溢出倒灌，瞬间涌出，又瞬间退去，退去之际，还发出咕噜巨响，像是说："我走啰，不必送了。"

死老猴要去叫工头来修，也不知去找了没？一点小事也交办不好。早上，楼上又在洗衣服，水咕噜咕噜往下蹿。死老猴的摩托车响着，又要出门运动了，他只在乎自己的健康，其他什么都不管，每天早上我都这样半梦半醒慢慢恢复意识。

早上四点就得起床，都做了好几十年的工作，做起来还是吃力，还是累，都怪那死老猴，好好继承一家小贸易行不做，拿贸易行赚来的一点小钱跟人玩期货选择权，玩财务杠杆，起先也是赚了点小甜头，那个年代谁不赚钱的？哪怕路边卖凉水的，也透天厝（台湾把一种由一户人家居住，占地面积很小，看上去顶天立地的建筑称为透天厝）好几栋。钱这事，来得快，注定也流去得快，丝毫没得说。

才不到一年的时间，死老猴赔光了所有家产，就像连续剧演的烂剧情，人带着公司仅存的一点公款就消失不见，留了两个念小学的儿子给我拖磨（闽南语，形容一直工作或一直做某事，十分劳累）。我会什么呢？就跟人学做早餐，开了早餐店。这条街，光早餐店就五六家，要怎么拼？我每天早上四点起床，泡黄豆，煮豆汁，磨豆浆，别人用豆浆粉泡，我实实在在用豆子去磨汁。

期货股票这等虚幻的东西害了我前半生，还有什么事比早起磨黄豆这种扎扎实实的事更令人安心？

儿子上国中的时候，有天死老猴站在早餐店门口，我知道儿子恨他，或者应该说，儿子每天看妈妈这样辛苦过日子，见到父亲怎能不恨他？不去恨他，要怎么对得起妈妈这些日子的辛苦？一切受苦，如果没有恨可以把罪过推到另一个人身上，那么受苦还有什么意义呢？大儿子把一箱装好的豆浆用力摔在地上，白色的浆就像血一样，慢慢流了一地。

死老猴什么也没说，就拿了破纸板蹲下来清理满地的豆浆。他蹲下来的时候，我看见他头顶上的头发都白了，也稀疏了。我倒宁愿他当下跋扈一些，打一下儿子，骂儿子个几句，我还能好好跟他打上一架，发泄一下怒气，有光明正大的理由拒绝他回来。

但他老了，老得像条狗，连脾气也没了。我可怜他了，想起来，最可怜的还是我，积了几年的怨呢、恨啊，要向谁说去？向谁发去？你就像条老狗一样回来了，你要我怎么办？我狠不下心啊。

老猴说，不见的那几年，想东山再起，钱又全被骗光，想去死，又没勇气，在街上流浪了几个月，他原只想回来再看一眼，看一眼小孩儿，看一眼妻子，只要再一眼，他要记住这些画面，有了这些画面，如何流浪如何困苦，都无所谓。只是回到家——这个早餐店门口，他发现儿子大了，妻子老了，他激动了，他无法记住这个画面的任何细节，任何细节都是针，往他的瞳孔里刺去。他眼球酸涩，却流不出任何眼泪，他想说些什么，喉头却被哽住发不出声，他想逃离现场，双脚却使不上力……

我说，别说了，说这些干吗呢？日子都够苦了，用不着你来告诉我你也很苦。死老猴就默默收了话。日子就这样过下去，每天跟我开店关店，但他终究是做生意的少爷，粗重工作做不来，脑子也不太行，算账算错，客人点餐记错。最后，他做的工作只是拿了一把扫把，东扫西扫，或拿块抹布，收收桌面，人少的时候，就静静坐在角落的椅子，像个泄了气的玩具。

两个儿子也都不跟他说话，他们青春期本来就难相处，又遇到这款老爸，他们根本不知道怎么面对这件事。他们恨老爸，也恨自己不知道怎么处理这个状况，他们都期待长大好好回报我这个老妈，而他们在这个手足无措的状况下，意识到自己不过是个什么都不会的小孩儿，能为老妈做的，只有恨父亲，好像只要恨他，便跟母亲站在一起了，这几年的辛苦就都有了意义。

其实啊，我不希望他们这样恨老猴，我也不相信他们有多恨，我们一家四人，只是在互找台阶下而已，还在彼此适应对方。我不想让死老猴在小孩儿的面前太难堪，虽然他总是算错钱，记错账，但我都会在小孩儿要出门前，让死老猴站在柜台前收钱，好给他留点面子，告诉孩子，你们老爸也有在努力，也是个上得了台面的好男人。

反正只有一小时的时间，我尽量在这一小时里按捺住脾气就好。有时候一小时没出错，我会倒杯咖啡给他。他喝不惯豆浆，只喝咖啡，而且是要现磨现冲的，但日子不同了，没那个闲钱也没那个闲时间，我冲一包三合一算数，老娘泡给你喝就要偷笑了。

他接了过去，有片刻是傻住，随即害羞地说了声：谢谢。我嗯了一声，转过去继续煎汉堡肉。以后，对经常递过去的咖啡，他都低声说了谢谢。有次，忍不住了，回他："三八啦，说什么谢谢。"他就笑了。隔几天，他准备了一个卖场送的保温杯："装在这里面，可以喝比较久，不会凉掉。"我边把咖啡倒在保温杯里，边碎念："凉了，再泡就有了，不过是一包三合一。"

后来，死老猴就没再来店里了。

●

死老猴没来店里，每天早上四点多醒来，我就像是听到他踩摩托车的声音，那台老 YAMAHA（雅马哈）已经发不太动，不只是天太冷，连天太热也要小心，马达一下子过热，就卡在爬坡的路段。死老猴又在发车，噗——通——噗——通——通……

他会在耳边告诉我，要去运动了，早餐他已经随便吃过了，不用留给他。我每天就在半梦半醒听到这些声音。日子就这样过下去了，他恢复以前的运动习惯了，也好，店里其实不太用他帮忙，我不要他对我有愧疚，说起来，我也是心甘情愿做这些事的。带着愧疚，你我都不自在。

他年轻时，打网球，游泳，爬山，即便工作再忙，也要清早出门动一动……只是，我们这里附近没有公园，也没有学校，他一大清早是要去哪儿运动呢？他每天早上四点在我耳边道别，总是在离开之际，我才想起要问他：你都是去哪儿运动呢？还来不及问，楼下就传来摩托车的声音，算了，下次再问好了。只是下次，又总是忘记……

儿子大了，老猴也没来店里，得找人帮忙。来了一个高职夜校的小妹，她不太说话，脑袋却极为灵光，A 桌客人要火腿蛋去边不加美乃滋（一种西方甜酱），奶茶去冰不要太甜；B 桌猪肉汉堡不要洋葱，热红茶要不加糖，要热一点；C 桌小姐要全麦面包抹一边美奶滋夹半片培根，不要番茄酱……她不用笔，不用纸，一个脑袋就全记住了。

唯一的缺点是，她怕冷，一双手洗几个盘子后，指尖就冻裂了，有时候找钱的钞票就沾了血水。人家也是人生父母养的，我也不忍心，就叫她休息一下，她却说不要紧不要紧，把药布缠一缠就能顶住一阵，等客人少时，再去擦药就行了。阿妹话不多，但个性真的讨人喜欢，是令人心疼的那种喜欢。

附近读小学的小男生，吃早餐吃到与阿妹相熟了，阿妹像照顾弟弟一样看顾他，每回架上那排水果牛奶送的玩具，阿妹会趁进货时，跟厂商多要几个，然后偷偷塞给来吃早餐的小弟。我问她，为何对这个弟弟这么好？她说，她从小就一个人，没有兄弟姐妹，看到年纪小的弟弟妹妹，就想照顾他们，而且……而且啊，她觉得那个小弟弟跟她一样有不开心的事在烦心。

我笑了，阿妹呀，你才几岁，小弟才几岁，你们怎会有什么好烦心的事呢？阿妹脸上一沉，没说什么，就忙着别的事去了。

过几天，阿妹开开心心戴着一副皮手套来上班："阿姨，你看！"她把手套凑到我的眼前，我闻到一股淡淡的皮革味，接手过去，摸起来像是小羊皮。阿妹笑得好开心，说是个"朋友"送的，知道她怕冷。恋爱使人低智商真是一点也没错，早餐店工作怎么戴皮手套呢？看她笑得傻，就知道不是个"普通朋友"。

阿妹变得爱打扮了，但她只是换了一件新外套，或是在发上夹了个新发夹，或是修了漂亮的指甲，这类简单而低调的方式，不张扬，却闻得到满满的幸福味道。那天空当，阿妹说起了那个他。他说，他们未来最完美的家，就是四面墙壁、一张床、一张矮桌，要有洗澡的地方，不用床架了，最好没有隔间，叫作极简风。

连未来的家都想好了，真是不简单，爱情跟政治一样，最美的都在那个还没实现的梦想。阿妹说，她从小经济状况就不好，家里永远堆满各种爸妈捡回来的饮料瓶、废铜废铁，她甚至不敢告诉同学家住哪里，她最大的愿望就是有一个干干净净的家，那个男生说的那个“极简风”就是她要的。

阿妹呀，你真傻，这个男的不适合你，他的极简风是一种奢华到了极致的返朴归真，你的干净客厅是为了摆脱贫穷，不一样啊。我把话放在心里，不想砸了她的梦。

阿妹又说，她送了一个动物造型的存钱罐给他当生日礼物，他说：“我不要那些小东西，只要你在。不要多余的东西，空空荡荡的屋子要装满你，我另一半的留白是为了你出现。”我笑笑想着，现在的小孩儿真不简单。

这几天，阿妹连走路都轻飘飘，好像周遭的一切被她一碰都变粉红色了。我见她工作开心当然也非常开心，只是隐约有些担心。

•

关店的时候，对街的郑先生推着板车走过去，这人相当古怪，家里经济状况很不错，却喜欢推着板车沿着店家问有没有不要的纸板和饮料瓶，收着去变卖。他穿得干干净净，据说之前还是个工厂老板，相当体面，却不知为何要做这样的事。上次来早餐店收完饮料瓶，看了架上没卖出去的调味奶，看了许久，我以为他舍不得买，正想开口送他算了，他竟说，老板娘，你这些牛奶明天就要过期，不如全送我吧？可是送你，你一个人也喝不了这么多啊，你是在想什么？我假装没听到，不太高兴地继续工作。

郑先生不走，又在东顾西盼，我有些厌烦，问他到底要干吗？他问，阿妹呢？他从没找过阿妹，怎么突然问起她来？郑先生捧了一副皮手套过来，是阿妹的。上面沾了一些污渍，还有垃圾堆里的臭味，但那皮手套的缝边和纹路，我认得出来，是阿妹的。

我先帮阿妹收下这副手套，顺便把架上那些快过期的调味奶全塞给了郑先生，我终于懂他刚才是什么意思了，就是要拿手套来跟我换调味奶的。我问，这丢在哪儿？郑先生说，对面大厦的垃圾回收场。奇怪，阿妹怎会去对面？

我一直等着阿妹来上班，她从没迟到请假，今天直到我要关门了，真的是气不住，就坐在门口等。阿妹终于来了，她一进来只是淡淡地说，阿姨，我今天身体不舒服，不好意思，没来工作。我知道事情没那么简单，拿出那副手套，放在桌上，阿妹看了，直掉泪。

我说，阿妹呀，爱情这种事，来来去去，你还年轻，有的是机会，不过是个男的，以后你会遇到更好的。阿妹只是掉泪，间断忍着哭声，压着声音，嘤嘤的喉音，听了让人不舍。

阿姨跟你说，人生就是要有舍才有得，你们年轻人不是唱“离开不对的，才能遇到更好的”吗？一场小恋爱，不要看这么重，没关系的……

阿妹索性放声大哭，我上前抱着她，她在我怀里哭了一阵子，却把我大力推开，转身蹲着抱头哭泣，我上前想再安慰她，她竟然喊，你不要过来。

我有点傻住。

什么叫我还年轻，什么以后会遇到更好的，什么这么年轻爱情不要看这么重，凭什么你就以为我这种年纪的人谈的恋爱就可以随便，分手不算什么？你这样跟那个离开我的男生有什么不一样？

我不是这个意思……

不是这个意思，那是什么意思？你有什么资格安慰我，阿姨，你有什么资格！你知道最爱的人离开是什么滋味，你现在却告诉我，没关系，没关系，以后还有更好的，你不知道“他”走了吗？他走了，走了，不会再见面，不论生死。

不是，不是，我不是这样想的……

阿姨，他是我第一个男朋友，我没那么傻，我知道天长地久不会那么容易可得，我知道，但我知道不必然就代表，他离开我不会难过。你不要告诉我，年轻时的分手可以不难过，只有你们大人分手才值得难过，如果年轻时也会难过，变成大人也会难过，那我为什么还要变成大人？一样，都一样啊。

不一样的，真的不一样……

不一样？阿姨，那你倒是告诉我哪里不一样？大人懂得骗自己吧？我们不懂。骗自己就比较不痛吗？那你告诉我要如何骗自己？大人告诉我们，不要说谎，说谎是不对的，结果呢？了不起，真了不起，你们是对自己说谎，不能对别人做的事，倒是可以对自己做了。

我没有说谎，没有骗人……

没有？阿姨你真的以为我们没看出来吗？你两个儿子很担心你，要我多多注意你，你真的以为我是来打工的？是啦，我是真的来打工的，但不是你付的钱，是你儿子，是你儿子怕你难过，怕你寂寞，付了三倍的价钱要我来陪你。他们说，你嫌早餐店油，没关系，不要碰，冬天水冷，你若觉得不舒服，不要洗也没关系，你陪我妈就好，但我还是都做了，这些事，没什么，不过……阿姨，我不该跟你说这些的，但我真的想告诉你。不要难过了，不要伤心了。不对，为何变成我安慰你？

我没有，没有伤心，我不寂寞，没有，没有……

难过很丢脸吗？你干吗就不能像我一样大哭？大哭很丢脸吗？人走了就是走了，不管死活，你就只是记忆而已，要么就丢了它，丢不掉，你就只能抱着这些回不来的记忆一起哭，你干吗不哭呢？你又丢不掉它。

我不哭，我干吗哭……

因为难过啊。

我不难过，我不……

他走了，你不难过吗?

他没走，没走……

那你说，他在哪儿?在哪儿?

他早上还在，早上……

早上?你看到他了吗?

没有，他早上，早上——早上，他说他要去运动，跟以前一样，说要去运动，他一直都有这个习惯，我听到楼下的摩托车发动声……

所以你没见到他，你只是梦见他。

没有，那不是梦，他不能走，他生意失败离家这些年，好不容易回来，孩子和我还来不及原谅他——不，我已经原谅他了，只是还来不及告诉他，告诉他，人回来就好，过去的就算了，我还来不及跟他说，他不能走，他走了，我要跟谁说？他要知道我原谅他了，我还没给他好脸色，其实我已经原谅他了，只是还没说，为什么不给我一些时间……

阿姨，他死了，已经好多年了，你忘了吗？就是因为他死了，我才来店里顶他的位子，你忘了吗？你儿子说，你都不哭，都不谈他，就像他还在世一样，每天洗他的衣服，桌上一样有他的碗筷，鞋柜一样有他的鞋子……但你忘了吗？你办了他的葬礼，帮他干枯的病体换了新衣服好让他上路吗？

我不记得了，你不要说这个，他没走——不会走的。

用力把铁门砰地关上，我要回家。

●

清晨四点，老猴又在我耳边说，要出门运动了，接着又是摩托车发动的声音。

老猴你才没死，我就知道，你不会舍得这么就走掉的，对了，你到底是去哪儿运动，啊，我忘了问，好累，不行，我要起床看个清楚。

我撑着意识起床，耳边的摩托车声还在，没错，他没死，死老猴，等我一下，我有事要问你啊。这老公寓非常讨厌，铁门怎么转也转不开，每次都卡住，哐当一声开了，我散着发冲出来，四楼的楼梯，像是通往天堂一样的漫长，怎么也爬不完。

“郝阿姨早，你怎么这么慌张？”楼下做夜班便利商店的小尼一向有礼貌，每次见我都要跟我抬杠，我也爱跟他抬杠，但今天郝阿姨没时间。“啊，我要去问一下我们家那个死老猴一点事，他在楼下走了没？你刚上来有看到吗？”小尼脸色有点怪异，不知在惊讶什么。

算了，老猴就要走了，我要去拦住他。

一楼门口，什么也没有，但闻到摩托车的废气味，忽远忽近还是听到摩托车声。在下面转角的路口，我知道，那是通往公园的路，老猴一定是去那里了。我拔腿就往那里跑，脚上还是室内的拖鞋，不管了，我不管了，我要弄清楚。

我看到了，那是辆摩托车，是老猴，我几乎就要哭出来了，我终于见到你了，老猴，我就只是要见你一面而已，活生生的一面而已。我没有要说什么，你一定知道我已经原谅你了，我帮你泡了咖啡，准备了咖啡机，帮你买了保温瓶，你知道的，你一定知道的，你只是不好意思说。唉，我们都这样老夫老妻了，有些事不说也知道的，安宁病房里，你瘦到只剩下一层皮包骨，认不得人了，我在你耳边跟你说再见，你听到了吗？唉，你一定听到了，但我只是不放心，你等我一下，让我看一眼，我就放心了，让我放心好吗？拜托。

为何路就是这么长，怎么也跑不完，我看到了摩托车，但是……

摩托车后座挂着两个帆布篷，上面印着斗大的红字：营养羊奶。下面还有几行小字：每日新鲜宅配到府。

“阿姨，你怎么了？”

•

天还早，我躺了躺，风很凉，秋天到了。我知道老猴在我耳边打算要说些什么，但这次他没说了，换我告诉他，在心里告诉他：

死老猴啊，儿子们都大了，很乖，你不用担心我，我过得很好。店里的生意还可以，来了个阿妹动作比你快多了。我很想你，过阵子就会去找你了，不过，我身体太健康了，可能还要麻烦你再等一下了。说完我笑了，但也哭了。

我终于哭了。

盆栽用来记得雾气　手套用来记得雷阵雨

杯具用来记得悲剧　什么让我记得错过你

宝贝的　沦为垃圾

我丢弃的　却被哪个珍惜捧着

舍不得　不如记得

等待的时间，沉默在我们之间开枝散叶，想来，我们如此陌生，却又如此亲昵。

眼色

头很胀，脚很轻，应该是酒。我坐在摩托车后座，抱着一个叫Brian的男人，一个小时之前，我在一家夜店，震耳的电音，像是一把锐利的刀子拼命往我的脑子砍，砍得血肉模糊。Brian向我走来，只是抱着我，流着汗。

要不要上去透透气？我知道透气不只是透气。他抓着我的手踩着阶梯往出口走，他手湿湿的全是汗，冰冷像蛇。子夜时分，从暗处里走出，路灯耀眼如白昼，我们彼此见到对方惨白的脸孔。

一夜未眠，精神亢奋，去哪儿？不是说透气吗？他笑了。我也笑了。这样的时刻，容易笑，容易开心，容易拥抱，容易爱上彼此的每一个毛细孔。我们不要被脑中过盛的多巴胺给欺骗了。

还是笑，总是笑。你叫什么名字？我是Alex，他说他叫Brian，我说真巧，我是A你是B，你是一直在笑的B，叫傻B。他捏捏我的脸，拉着我往前走，说要去一个好地方透透气，刚刚那里太吵太闹，满出来的音乐是干扰，热舞的人群好碍眼，我们需要静一静。

他说我笑起来的样子很好看，配着路灯的剪影刚刚好。我听着他的言语，字字句句都像诗。我们都有些迷茫，小巷走了很久，找不到他的车，没关系，我们就这样一直走到天亮。凉风吹过脸颊，才发现我们的身体如此滚烫。

我不知道，我们是如何找到车子的。此时此刻，我坐在摩托车的后座，头很胀，脚很轻，应该是酒。

摩托车停了下来，白底粉红字的招牌，Moon Hotel，月之旅店。这家，好吗？这听起来不像是询问句，像是单纯的礼貌告知。我们不惧他人的眼光，牵着对方，从街上的亮处，走向旅店的暗处。

偷情的地方不宜光亮，柜台立着黑压压的镜面玻璃，这里没有尴尬的眼神交流，像是一个安全的暗室，可以做任何你想做的事。墙上一格一格，像是山顶洞人的洞穴，有简单的房间照片和价目表，红色按钮一按，便掉出钥匙。房间有人入住，小格子的灯便暗着。一整片黑压压的玻璃，我们只见到彼此的倒影。

房间全满了，要等吗？这次是真的询问句了。

等待的时间，沉默在我们之间开枝散叶，想来，我们如此陌生，却又如此亲昵。这个城市里的生活处处充满这样的关系，明明是陌生人，按摩师傅却按压你每条深处的经络；明明是陌生人，发型师弯着身子看着你一辈子都没见过的头顶上的发旋；明明是陌生人，牙医却深知你口中不明所以隐隐难熬的痛。

明明是陌生人，我们却等着一个亲昵的肢体交流。

想来，我们如此陌生，却又如此亲昵。

你叫什么名字？不如，我们从头再来一遍。

他坐在摩托车上抽着烟，我背靠着墙，盯着鞋上的小黑点。好像有点晚了，房间里面的人，应该都睡了。他笑了，说来这里的人，不是为了睡觉。所以，你常常如此不睡觉吗？他说，不睡的原因，只是月色太美。

瞎话，再怎么美，已过三点，良辰美景已去大半。他望了望手机上的时间，也许那些人来这里，真的就是为了睡觉，我们不等了。楼上丢下了一枚烟蒂，落在 Brian 的肩上，衣服烧了一个小黑洞，他随即响应对方一句脏话，两人隔着马路叫嚣起来，这城市该睡的人不睡，该醒的人又睡了。我分神看着路上黑色的柏油路，头很胀，脚很轻，风吹过脸颊，才知身体的滚烫，应该是酒。

国怡宾馆，白底红字，标楷体。这家好吗？这是我的疑问句。他不管我的提问，推开大门，是惨白的日光灯，磨石子地，木头柜台有 20 世纪 80 年代波普风（20 世纪 50 年代萌发于美国，指流行艺术、通俗艺术）的褪色雕花。柜台的妇人，裹着碎花棉被，躺在行军椅上打呼，我按了柜台上的铃。铃声机械式奏起《少女的祈祷》，在空荡的大厅里听起来有些孤凉。妇人职业性地惊醒，职业性地反应：过夜一千，休息八百。

我们一整夜的悬念，像是得到了舒解。妇人又抬头望了我们一眼，职业性地撇了撇嘴，不好意思，房间不开给两个男的，说完，她又职业性地拉起碎花棉被，把自己裹在里头，像是一只肥大的蛹。

我们立在台前，只觉得错愕，然后笑出声来，不明所以地好笑，我们笑到肚子发痛，走下楼梯。我们应该要骂几句脏话才对，可是却觉得好笑，连脏话都骂不出来了。他笑得有些站不直了，揽着我的腰，最后竟紧紧抱住我了。

你叫什么名字？我们要不要重新认识一下。

他说，刚刚那个妇人让他想到小时候家里养的腊肠狗，狗吃太胖了，圆滚滚的像个在地上滚来滚去的煤气罐。狗儿肥却又怕冷，妈妈把不穿的衣服，随便裁成狗衣裳，花花绿绿裹在肥狗身上，肥狗每回见他回家，不像煤气罐，倒像是个七彩万花筒，对着他跑来，奇丽的花色，让人眼花。肥狗好笑的跑姿总让他发笑，狗儿如此兴高采烈，证明彼此是被爱的，那也是幸福的笑。

你童年很寂寞吧？否则怎么会为一只肥狗而如此开心？

像我们这样的人，怎么会不寂寞呢？也对。我告诉他，小学时曾经养了夜市捞来的小金鱼，十天半个月后，鱼肚翻白，我无法接受，每天费神看顾它，却换来这样的结果。我把鱼冰在冰箱冷冻室里，以为如此，小金鱼就只是沉睡而已，并没有离我远去，我只要抚着冰箱，就宛如见到金鱼，彼此相伴，长长久久。

直到，妈妈在冰箱里闻到臭味，清出死鱼。她没责备我，我却痛哭失声，这是我生平第一次知道什么是失去。从此，再如何寂寞，我也不再依恋任何事物，包括宠物，包括爱情。

他说，你饿了吗？去吃点东西吧。二十四小时的美式连锁快餐店，到底是卖给谁吃的，我今天终于明白了。

店员美式的热情招呼，在这样的夜里，听起来像是假 high（兴奋）。我点了一个汉堡，他点了一套炸鸡。我念，我们这样吃，不知又会肥多少。他说，你这样刚刚好，再多点肉也很好。我说，怎么办，看来这夜，只能吃饱，各自回家，大家散。

夜很长，就快过半，快餐吃来无味。我不喜欢快餐，因为总是会想起一些不快的事。第一个男人，是在快餐店遇上的，我们是高中隔壁班，高中生下课就聚在这样的店里打闹。那天下雨，只有我一人到，其他同学被大雨困在学校。

他逃课，躲在店的一角发呆，不知为什么，我们就聊了起来，之后成了无话不说的朋友，一起上学，一起下课走到快餐店，点一份套餐，分着吃，好像世上最好的美味也不过如此。有天，他说，我们这样不好，丢下我一人留在柜台。我还是点了常点的套餐，只是怎么吃都无味，怎么吃都吃不完，像是嚼不完的蜡。

他说，要比悲惨吗？我最后一次见到我妈妈，是在这样的快餐店，她把我和妹妹丢在店里，消失无踪。我们此后寄住在不同的亲戚家，在别人的家里吃饭，都要很小心，好吃的东西，我要慢一点拿，拿到了还要先分给妹妹，怕她哭。还没吃饱，就要赶快放下碗筷抢着帮长辈洗碗盘，这些事，我还没念中学就会这样做了。吃得这样战战兢兢，过得也战战兢兢。我怀念妈妈最后带我们吃的那一餐，炸薯条好好吃，可乐冒着快乐的气泡，在我全身里流窜。我不想着那是妈妈要离开，只想着那个片刻好开心。我吵着妈妈点炸鸡，柜台的大哥说卖完了，明天来点，多给你些分量。

我没吃到隔天的炸鸡，也不知道柜台的大哥是不是会多给我一些分量，因为妈妈走了，我的童年也结束了。我总是记得童年结束前，那顿快乐的快餐和没吃到的炸鸡。

我看他啃着炸鸡，嘴角残留着亮亮的油光，我这才看清楚他的眼睛。他叫Brian，我叫Alex，我们都知道，这只是个代号，明天我可以叫Terry，他可以叫Charlie，出来走跳的人，萍水相逢，每个名字都只是个代号，方便叫唤对方，我们从不在乎这些代号背后代表的人生。而当他吃着炸鸡时，我突然想知道他是不是真的叫Brian。

他说，他讨厌吃金针菇，喜欢骑摩托车在小巷子里没有目的地晃来晃去。我说，我不怕鬼，但怕虫，只要看到虫蠕动就浑身不对劲；我的早餐只能吃土司，没吃到土司，会一整天不开心。我们交换了各种不为人知的秘密和记忆，好像把过去对方错过的记忆，在彼此面前没有保留，摊了开来。

欲望曾是这么浓，这么深。盘上的食物都空了，杯子的水也没了。要不要再去外面透透气？今天的气也太多了，还透得不够吗？他扬着眉毛问说，要不要再找找看？我不相信这个城市连一个房间都没有。

他和同事租房子，不方便带人回家。我和弟弟同租，也有不方便的理由，而这个城市真的连一间容下我们二人的房间都没有吗？我打开 iPhone，查了邻近的旅馆，打电话过去询问空房，我从北边查，他从南边查。打了几通电话，他在快餐店的窗子倒影，和我对上了视线，觉得我们两个像是发情的雄性动物，不管天涯海角，只为了交配，这事想来，也是滑稽得可笑。

他放下了手机，有了，有一间，在城市东边的郊区，附近有坟场，所以住客率不高，反正你不怕鬼，我们走吧。良宵一刻值千金，我们这夜浪费太多金了。

我坐在摩托车上，抱着这个叫Brian的男子，头很胀，脚很轻，可是酒已经退了。车子骑过跨河大桥，风把衣服吹得鼓鼓的，Brian像是说什么，我没听清楚，我啊了几声，他又喊了几次，我依旧没听出来。

夜色已淡，天边出现深宝蓝色的云朵，河面上映着城市未灭的点点灯火。每一盏未熄的灯，是不是都有一个像我们这样不睡觉的理由？车子下了桥，十字路口的红灯，他用手磨了磨我的腿，刚过桥很冷吧？就快到了，春天的夜总是特别冷，等天一亮就会暖了。他这才意识到说错话了，又自言自语，天亮，暖了，人就散了吧？我来不及应答，绿灯亮了，车子走了，他又回头说了几句，我依旧没听清楚。

这城市，说大不大，说小也不小，而我们从下了桥没多久，就开始迷路了，绵长的公路和幽暗的巷子，看不到一家开的店，连手机的信号也断了，我们该不会撞鬼了吧？你说，那家旅馆在坟场旁……他看起来有些紧张，我问，你该不会怕鬼吧？他没有接话，我看他紧张的神情觉得有些可爱而忍不住发笑了。他神经兮兮东张西望。那首台语歌《墓仔埔也敢去》拿来形容我们的此时此刻，真是再合适不过了。

我们莫明其妙骑入了偏远的河边小巷，路边早已没了路灯，只剩摩托车的两盏大灯，孤零零照路面。你怎么安静了？我才一问，车子突然熄火，连大灯也灭了，他踩着机车的踏板，用力发动车，摩托车像是打瞌睡的老人，喉头嘟哝个几声，就沉沉睡去。

我们今天真是有够倒霉，这城市难道找一个房间就这么难吗？找不到也就算了，怎么还让车子抛锚在这个前不着村后不着店的地方。我们只交换了一个无可奈何的眼神，他默默推着车带着警戒的神情，像是只被吓着的小动物，缓缓向前。我跟在后面，连安全帽都忘了拿下，这个晚上，到底是哪个环节出了错？

河边只听得到几声野狗的吠叫，还有河床上淙淙的水声，我觉得我们好像被神遗弃，这个世界就只剩我们两个人了。他没带生气的语气回我，所以我们现在是洪荒之地的亚当与夏娃吗？话才一说完，路边传来几声蛙鸣。我说，而且还是夏蛙，青蛙的蛙。他问我，我们今晚怎么会这个样子？也许我们当初留在bar里，各自还会遇到不错的对象，不至于惨得像现在。

你刚刚过桥的时候，一直回头是在说什么，我没听到。他若无其事地回应：我只是想问你，你叫什么名字？哦，我叫林国宜，跟刚刚那个宾馆一样的读音……嗯，我是简坤良，所以你刚刚进那间宾馆是在笑这个吗？

天边的宝蓝色愈来愈淡，在这样天色欲亮未明的时刻，分辨不出这一天究竟是雨是晴，一整夜的折腾，却在一个眨眼的天亮而结束——结束了吗？Brian，简坤良停了脚步，回头望着我，天亮了耶。是啊。要不要去吃早餐？可是这路还要走多久？反正，沿着河走，总是会找到出口。

他说，他读过一篇故事，一对男女从山坡上滑雪而下，男的在风里大喊一句话，女的没听清楚他说什么，于是他们不断爬到坡上，再重滑一次，男的也再喊一次，但女人依旧说没听清楚，于是他们重复滑了好多次。其实，女人早听到男子在风里说的那句是："我爱你。"

真的很无聊，我爱你。

没有什么 不能被改变

就像没有什么 值得被改变

一整夜 眨眼一瞬间

医生说，睡前什么都不要想，放轻松。是啊，我什么都不想，却还是睡不着，一想到睡不着，我就害怕和绝望。

自然醒

身边的老人已经睡了，他醒着跟睡着现在看来是同一回事，他什么都忘记了，只记得过世的妻子，他唤着她的名字，眼神空洞，他已经忘了我们彼此相伴的这三年的时间。我握着他的手，唉，我是刘小姐啊，你忘了吗？我等不到他的回答，只有看不出是疑惑还是空洞的眼神。

我们相差十三岁，他是巷子里丧妻的老人，我是丧夫多年的寡妇，我实在不喜欢寡妇这样的字眼，好像只会让人想到吃掉亲夫的恶毒蜘蛛，或是传统戏曲里刻薄清冷的角色。三十岁那年，我和先生开开心心到澳洲度假，他腰间才刚长出点肥肉，他的同事就都说，这是幸福胖。我们认识时，他精瘦到身上找不到一丝脂肪，我在岸边看着他腰上多余的肉，想着，所谓人生就是这样没什么波折地跟着一个人老去吧?

关于人生，我们永远想得太多，也想得太少。他在澳洲的海边淋得一身湿，走上岸来，我们聊了岸上的海鲜，聊了爸妈最近糖尿病高血压又犯了，再过几年，有了小孩儿，要换个大房子吧?我嗯嗯啊啊，随口应着，太阳照得人睁不开眼。他站起来，说要再去游一趟，摸摸下腹，奇怪，这里怎么胀胀的，食物怎么都没味道了。

那年，回来之后，他的下腹日益隆大，像个水球，原来那不是多余的幸福胖，是肝肿瘤的腹水，已然晚期。我们来不及换大房子，父母的糖尿病高血压此时此刻显得如此渺小，三个月后，他就走了。

我不想让自己看起来悲哀，我上班工作，打扮自己，从来不穿灰黑暗色的衣服，生活已经够惨了，何苦要让衣服的颜色再来加上一笔。贞节牌坊也不是我要追求的，亡者已逝，我决定忘了他。我试着和不同的男人交往，也不过是吃饭逛街聊聊天，连手都还没牵着，邻里间的话语就变得十分不堪。

原来，这个社会是不容许寡妇快乐的。

我始终睡不好，看着天色一暗，心就发慌，看着夜愈来愈深，心情就变得沉重，而看着天渐渐亮了，没有丝毫喜悦，只有排山倒海而来的绝望感，一口一口把自己吞掉。医生说，睡前什么都不要想，放轻松。是啊，我什么都不想，却还是睡不着，一想到睡不着，我就害怕和绝望。

胜仔丧妻之后，也睡不着，我们深夜在巷口遇到，没说什么，只说睡觉这事如此简单，但愈简单的事愈刻意要去学、去完成它的话，却反而愈难。我们坐在公园里，聊到天亮，他说最近找了一家气功馆，一起去练一练，也许好入眠。

气功练了，我们也在一起了，不知道是哪一个理由，让我们开始睡得着了。邻里的嘴巴仍是不饶过我们。他好像完全不在意，时常憨厚地笑着。他捡了一屋子的废纸、废物，他知道儿子不喜欢，但他不管了，身边有这些东西，日子比较踏实，虽然这些杂物废物也很难有用到的一天。

还有什么比生活踏实更重要的呢？他现在谁也不认得，作息日夜颠倒，有时白天睡着，有时晚上睡着。我辞了工作，专心照顾他了，他儿子付了我一点薪水当作补偿，他本来对于我和他的父亲交往有些疑虑，现在反而有些惭愧了。

胜仔认不得人，有时却是十分烦人。这个晚上他睡睡醒醒，醒来已是半夜一点多，绕着屋子不停地走，拖鞋啪嗒啪嗒踩得大力，我知道好像是吵到楼下的住户了，我在阳台看到他开了灯，放了音乐，对着窗户抽起烟来。

我也跟着老人睡睡醒醒，失眠又从头找上我了。但这次，完全没有焦虑和绝望，我陪着一个人，他也陪着我，不管他认不认得我，生命有了重量，睡不着也没关系。我在半夜拖地，煮菜，折衣服，好像我们遗弃了这个世界，只有彼此，安安静静陪伴彼此。我想起，三十岁那年的澳洲海岸，如果他没死的话，我们最终追求的不也是像此刻这般安安静静陪伴着对方而已吗？

●

楼上的女人总是在半夜洗碗盘，老人像是在做复健一般，来回在客厅里踩着步，我没办法容忍一丝杂音，但想到楼上的老人有些失智，女人总是一脸没睡好的表情，我也不好意思说些什么。

妻子就说我是这个死个性，什么都不说，什么都忍在心里。这不是很好吗？如果这世上每个人能多忍一些，把那些不满多在心里摆一秒，世上就不会有这么多纷争了。不过就是一点小杂音，有什么关系？我蹑手蹑脚走到阳台上抽烟，开了灯，找不到CD，随手拿妻子的 iPhone 接上，是 Lin 的歌。最近妻子开始追星，我搞不懂她在想什么，都几岁的人了。Lin 的年纪和妻子相仿，歌声时而迷幻，时而沧桑，像是经历了什么不为人知的苦痛。

妻子因为追星好像跟儿子的感情变好了，常常在餐桌上嘀嘀咕咕说着我不知道的，我不喜欢这样，我是一家之主，吃饭要有吃饭的样子，不能说话。我摆了几次脸色给他们看，他们却一点也不在意。我怎么反倒像是这个家的陌生人了。

我已经不太记得如何与妻子相识的过程，人生就是这样，被推着走，到了一个年纪就该结婚，然后生子，不是你决定你的人生，是人生决定了你的生活，什么个人的选择与自由都只是假象，我们只是依着轨道前进而已。妻子好像年轻时参加过歌唱比赛，那是不切实际的梦啊，最后还不是嫁给了我。梦啊，理想啊，都是骗人的玩意儿。

在与妻子相识之前，我曾经交往了一个多年的女友。女友说，你这个人冷冰冰，没有温度，没有梦想，活着跟一条狗有什么差别？事隔多年，想到这儿我就生气，难道在一起这么多年，你是跟一条狗生活吗？这太伤人了。她留了字条，说去了印度，学了瑜伽和印度的舞蹈。这就是梦吗？为什么梦非得在印度，难道梦就不能此时此刻在我的生活里吗？太莫明其妙了。

某天，我打开晨间电视，那个号称全民有氧舞蹈教主的燕燕老师，竟长得有几分神似去印度的前女友，我想着那个失联的前女友之后是过了怎样的人生？她的梦想真的实现了吗？我一直到现在，还是搞不懂她的梦想到底是什么。

我就是胸中无大志，我的梦想都在此时此刻，好比，现在能安安心心睡个好觉，楼上的老先生不要吵，老小姐不要再洗碗了！梦想为什么就不能这么简单，愈简单的事愈难做到，不是吗？

睡不着的夜里实在无聊，边听Lin的歌，边翻箱倒柜寻找记忆。等我回神过来，我在翻大学时的笔记本，旁边有厚厚一沓通讯簿，泛黄的活页纸，记着一个又一个人的名字和电话。我看到前女友的电话，那串曾经可以倒背如流的数字，现在看来却这样陌生，我在心中默念了几回，那串数字音律的熟悉感又回来了。

该打这通电话吗？打去要说什么？还是我对这通电话，到底是有什么期待？我抚着活页纸上的纹路，凝神发呆，站了起来，在书房里来回走动。天啊，我跟楼上的老先生一样了吗？我厌烦地将通讯簿甩开，走到厨房喝水，那串数字不断在心中默念……

"嘟嘟——嘟——您拨的电话是空号，请查明后再拨——"我鼓足了勇气，试了这串数字，却换来这个无情的回应，心中莫名起了火，恶狠狠地把话筒摔在地上。天啊，我现在是不是太大声了？我比楼上的老头儿还让邻居困扰了！太可耻了。连忙捡起话筒，摆好。窗外隆隆的摩托车呼啸而过，焦躁的情绪就只要再一点电光石火就会被点燃了。

大楼对面开了一家复合式的汽车旅馆，每天偷情的人络绎不绝，连半夜都有人骑着车、开着车来这里找房间。怎么，这个城市的人都不睡觉的吗？我把嘴边的烟头往阳台外一丢。传来一声——“干！”

“谁那么没功德心啊，乱丢烟蒂！”我下意识反应把头伸出去看，是两个年轻男生，这个年代真是妖孽尽出，两个男生开房间也不知遮掩。我回敬：三更半夜大呼小叫什么啊！“先生，你乱丢烟蒂才在大呼小叫什么咧！干！”

“干什么干，我才干你娘咧！”我用力关上窗户，才不管吵到谁，我心里还是默念那串电话号码。我不懂，我干吗一直记着这串数字，干吗呢？难道，我只是想知道前女友过得很糟，最好去了印度得了恶疾，好证明，有梦的人生多危险，像我这样才好。骂了干你娘，真是好爽快！

●

是谁在楼上骂干你娘，真是没水平。这房子什么都好，就是对面开了间男女幽会的旅馆很糟糕。这房子本是要给儿子当新房，等了这些年，新屋都变中古屋（在台湾房屋经过一次以上的转手买卖，或兴建完工已领取使用执照超过三年以上的房屋）了，他终于结婚了。

虽然母不嫌子丑，但我这个做妈妈的也得坦承，儿子本来就不是什么帅哥俊男的类型，但也不至于交往这么不顺利才对。那天，他参加了相亲节目，选择了那位女生，我和他爸爸在电视前，险些哭了出来。儿子都已经这么丑了，怎么还找了一个这样的女生，两眼开开，像是比目鱼。小儿子说，这个未来的嫂嫂长得很像某种会吃虫的植物。

唉，能结婚总是好的，儿孙自有儿孙福，歹竹才会出好笋，我都是这样安慰自己。儿子自从套了牙套，整了那口向外龅出的牙，脸型变了，下巴也尖了。他的口中仍戴着透明保持器，紧紧扣着上排牙肉。我猜想，这一定不好受，为了变美，他愿意这样受罪。而受罪的同时，他一定也是这样告诉自己：肉体愈是难受，他日的容貌改变愈大。人们就是不愿相信人生有可能徒劳，受的罪愈深，不见得可以换来更幸福的人生。

儿子是变好了，但离帅哥还是有段路，但他却从此以帅哥自居，每天在网络上放各种自拍照，连我这个做母亲的都有些看不下去了。

算是我亏欠他的，这几天，我想着这样的事想到睡不着。我也一样有龅牙，我从小就知道自己不是美女，也不痴想变成美女。我做事比别人努力，待人比别人和善，日子还不是这样过来了。虽然我对自己的容貌很自在，但对于自己的小孩儿长得像妈妈一样丑，我是有些愧疚。

当他说，要去整牙，我想了一下，也没多说什么，便拿钱给他了。如果花点小钱，能让容貌稍好，也是件不错的事。假若，事情是这样单纯，便也就罢了，结果儿子从此自认为帅哥，并为自己不顺的感情路，深感不平。

知子莫若母，好像是整牙这件事，让他有了错误的期待，人生最糟的不是丑这件事，最糟的是对自己有了错误的期待。拿钱让他整牙的我，于是又陷入更深的自责了。

总之，结婚了。媳妇也是长得古怪惊奇之人，聊了几次，发现原来媳妇也是个自认美女之人，我既安心，又担心。安心的是，这一对还真是天作之合；担心的是，这一对到底会生出什么小孩儿？

他们又是如何看待不美的另一半？

媳妇说，她从小兔唇，父母为了给她自信，总不吝于称赞她，包括她的容貌，她被喂养了奇大的自信感。想来，我和她的父母都是另一种“怪兽家长”了。不管怎样，儿子结婚，对我们这个年纪的人来说，像是了却一桩心愿，心头还是快活多过于担忧。

我把这间准备多时的新房交给了他们，他们请了人来做装潢，一直相安无事，我昨天一走进来，发现房子的客厅四周都装了镜面，从天花板到地板的镜子，说有多怪诞就有多怪，我连忙找了先生趁夜里来房子看一看。

我先生只是顾着笑，说这一对天才太自恋了，非得时时刻刻看着自己才开心，说完他便说要回家了。我待在这空屋里，想着这样的房子实在不妥，风水有问题，装潢也病态。婚期就要到了，他们马上就要住进来了，我连夜约了施工队，明天进来拆镜子，我留在新房里过夜，顺便查看有无什么缺失。

明知这房子的镜子多，夜里起床还是常被镜子里的倒影给吓到。一吓，睡意全没了，好不容易有点入眠的念头，楼上不知谁，又喊着脏话，实在没水平。

天终于亮了，我半梦半醒中被电铃声吵醒，施工队怎么这么早来？原来是七楼那个失智的老头儿走到了中庭，没带钥匙，乱按门铃。这一按，我索性出门买了早餐。

等我回来时，中庭挤满了人，吵吵闹闹。楼上那个骂脏话的先生开腔："怎么假日也要敲敲打打？为什么睡个觉这么难？我只是要睡觉啊！"他歇斯底里地喊着，隔壁王太太说，这位先生平日孤僻，不与人往来，他太太人还好，可是刚好出门去参加什么歌迷活动，这位先生精神状况一定有问题，见不到太太就在撒泼。

我都忘了，那施工队是来我房子施工的，就先在一边跟王太太聊起，这小区不是一向安静吗？我今天一早，被个老头儿乱按门铃吓醒，这老头儿没问题吧？认不得人就认不得人，倒是挺会捉弄人的。"那老头儿老是老，艳福不浅呢，一个小他十几岁的女人在服侍他呢。"

我一边听得津津有味，隔壁太太又问："唉，你儿子上次上节目，选了一个女孩，还真登对，是要结婚了吧？"听来有些刺耳，我起身装没听见，回到闹哄哄的新房。

楼上那个男子还是在嘶吼，要施工队立刻停工。我说，现在已经九点了，为什么不能动工？我儿子就要结婚了，来不及了。我转头过去，交代快把这些怪镜子全给拆了。那位先生又吼了："我只是想要好好睡一觉啊！"不好意思，先生，我儿子也只是想要好好结一场婚而已啊。

电铃又响了，谁呀？说要找阿娥，阿娥是谁呀？天啊，又是那个失智的老人，你们可不可以行行好，安静一下，别吵了！我儿子就要结婚了啊！老人说："我只是要找阿娥，你儿子要结婚就去结啊！"

背后那个男子又吼了："我只是要睡觉啊！拜托。"那最后两字，近乎乞求了。

成年以来一直　睡不够　干吗休假楼上总有人 装修

一觉　睡到自然醒过来　不管　这个胡闹时代到底有多坏

有人按错门铃　有人打错电话

有人制造喧哗的八卦

麻烦大家让我静一下　好吗

~~我们~~

~~从未~~

~~不认识~~

This Is Fiction

ⓑ

老人与我

右转进91巷，往前走过豆浆店，没多久就会看到红色门板的老公寓。老公寓里只有楼梯，暗红色的楼梯扶手向上，几个转角偶尔放上一些小盆栽。往上走到三楼，右手边这户，里头住了一位孤单的老人。

天黑之前老人的家里不会开灯，虽然家里因此显得有点暗，但是这个老人却一点都不害怕。不信的话，可以转开他的电视机，是卡通频道正在播小熊卡通，卡通的内容是这样的：一群小熊穿着飞行员的装备翱翔天际，在很高很高的天空，他们一个个背着降落伞从天而降。剧情很简单，也总是没有对白。可是那些小熊可爱的模样，让人目不暇接。而家里正对着电视机的，是一张无人的摇椅。

老公寓客厅里的空摇椅，风轻轻一吹，便自己晃了起来。其实老人自己也知道，在老旧的公寓里放了一张摇椅，这样的景象看起来有多吓人。在他年轻的时候，他也坚持家里绝对不能摆摇椅，不管是晚上，还是微凉清晨，其实不分任何时段，空空的摇椅一旦风一吹、晃起来，家里马上像极了闹鬼空屋。但是，老人之所以要他的儿子上网订摇椅宅配到家，是因为前几年，老人去同学家聚会，聚会上当然都是老人，他和他的老同事们在阳台坐着摇椅聊天，看着台北郊区的夕阳，一群老人快乐的时光，才让他觉得其实摇椅也没这么可怕。

老人的家里摆着很多做资源回收捡来的纸箱，虽然叠得算整齐，但是每天每天的累积，家里的空间变得愈来愈小。自从他的太太离开他之后，老人曾经一度觉得很沮丧，因为他的脑袋似乎不太灵光，也可能他的太太永远就是想要跑给老人追，老人总是觉得脑袋里关于太太的记忆消失得很快，好像一个不小心没跟上脚步，就会追不上那些关于爱人的事。老人每天很担心，不太敢一直醒着，怕每天所见的新记忆会吞掉旧的；又担心一直做梦，记忆会被梦打乱。总之，老人很努力地摸索如何才能让爱人的样子不要变得模糊。直到有一次，因为每天在睡睡醒醒中反复，老人连续两天忘了要去洗澡，走进浴室看到自己狼狈的样子，突然一惊，昔日爱人凶巴巴的脸孔，好像活生生在眼前闪过："喂!

你臭死啦！”

爱人的责骂回荡在耳边，但老人却感动得想流泪。此后他发现，原来他只要做一些一定会被太太骂的事情，昔日被太太警告的话语，就会再一次强而有力地在耳边播放着。这个发现让老人高兴极了，但是，也不能去做过于反常的事，日子还要继续，吓坏了街坊邻居，面子还要不要呢！老人洗了个澡，换了他觉得兼具功能性又体面的白衬衫和布鞋，神情气爽地出门，开始捡垃圾。其实，想做资源回收这个主意，早在他刚退休的那一两年，就已经和太太讨论过，只不过这个提议，在家里完全不被通过，不论他提几次，只会换来太太绝对嗤之以鼻的拒绝。太太反对的原因很简单：第一，家里不缺钱；第二，太太就是不喜欢把家里堆得乱七八糟的。哪像现在，连想摇个呼拉圈的地方都没了。

不过，再度想到要出门做资源回收的主意，可让老人得意得不行。首先，可以出门运动兼晒太阳活动筋骨；再来，那些回收的东西集成堆，换钱的时候很有成就感。当然真正重要的一点，用这个方法来回忆太太实在管用，因为每次只要拖着一大堆纸箱、塑料瓶回家，打开水龙头用强力的水柱开始洗刷那些空瓶，认真的决心顿时就让家里又热闹了起来，耳边也好像传来了好几次太太活生生、高分贝的责骂：“哎呀，你怎么这么讨厌，捡这些东西回来！以后我不扫了，你自己打扫吧！”

“叮……咚……”

是老头子在门外按了门铃，但我知道他不会这么快进门，从这一下门铃声我就轻易地辨别出来，他又千头万绪了。因为我们旧公寓的门铃特别响，平时进家门若是门铃按得急或是太用力，屋内的人肯定吓得魂都飞走一半。所以，老头子早就习惯像这样，手指轻轻地按下，轻轻地放开。不然，发脾气似的乱按，老太太才不会面带微笑地帮他开门呢。

“叮……咚……”门铃又响了一次，而且，比上一次更慢，可能是老头子指尖离开门铃的瞬间，思念更厚重了吧 。

谢谢你，老头子！谢谢你什么都没忘记。虽然我总是骂你，但是，我知道你有多好，多么希望我能够帮你开门。还有，不得不服老，你买的摇椅，其实坐起来真的很舒服。

铁板上的约会

本来想为小妹的没礼貌，对你说些什么的，但不知怎么一走过来……唉，实在不好意思，大概是你身上的油烟，我只想到汉堡肉。

汉堡肉。

你每天花六小时以上和它共存的那个，对它一语不发但不停为它翻面到手酸的那个，汉堡肉。

在我眼里，汉堡肉，就是你们共同的夫妻脸。

因为汉堡肉总是一瞬间被砸上热锅，然后发出响亮尖叫的角色。

难道不像是被迫接受他已离去的事实，而瞬间号啕大哭的你?

汉堡肉，也像极了他，从机器的这边推进去，那边吐出来之后，就变成只能一直躺在冷冻室里的、一块不算新鲜的肉。

面对一块肉，你只能停止胡思乱想，再也无法被他紧紧抱着。

“老板娘，我要一份汉堡蛋。”

这是你今天第几次铁板上的约会呢?

忙到出神的时候，觉得好想他。

与其想到铁板上煎的肉像他，不如告诉自己，他只是跟你吵架，小度量，躲在后面厨房生气。

“欠骂，吵架归吵架，躲在后面那么久，也不出来帮忙，是不知道我站得腰很酸吗？”

回神的时候，觉得自己好傻，捶捶肩膀，听学生讲话，学生们总是讲一些像是头发剪坏了啦，或是……嗯，诸如此类很多很多……但是，每当头一低下望向锅铲，深爱着他的你，还是会不知不觉疑惑起来：

“咦？汉堡蛋……那如果汉堡肉是先生，那……蛋是谁？？”

猫的眼睛

阴天细雨，马路口前的我斜眼盯着，环顾四周。左后方一个女人试探似的向我走来，眼神不确定但脚步确定，厚毛衣、斜背皮包、长裙，我赶紧正面对着。她的眼睛直逼我的眼睛，一点不恍惚的声音、疲倦又张大的双眼皮，她讲："你以为你是谁，我根本就不爱你，我已经有男朋友了，你不要再来骚扰我！"继续对着我，来到我左边，她面对斑马线，我没有松懈。她的抑扬顿挫准确无比，那不是对白，没有透露一丝表演的预告，她的声音清脆响亮，是与生俱来的，她曾用那样的声音，依赖、控诉、低声地哭。身上的毛料味道没有一点异常，如恩人、朋友、贩子。我还没有任何动作，只是眼神直视，并感受正在发毛的身体。她叫我不准再看她，开始挥手，叫我滚，叫我离她远一点，她并不想看到我。还没等红灯转绿，她跑过了马路，到另一边，告诉对面的太太，有一个男人一直在追着她。

或许有点害怕自己变成一搭一唱的疯子，对面的太太拿出电话，做了拨号的动作，她快速接上话："对不起小姐，我跟你道歉，你不要报警好不好。"太太心安了一秒，她转身跑开，跑进了快餐店。

愣住的时候，我想过，要不要也对着她吼，或者跟她说对不起。一边感受发毛的身体，一边想着那对疲倦的双眼皮，眼睛里头倒映的我是男是女？在她逃进快餐店以后，可能气喘吁吁跑到柜台前，在排队长龙之中拍拍自己的胸口自我安慰几句，然后向店员点餐，开心地坐下来，说东西好好吃。

毁坏的人，也一定有一秒清醒的时候吧，但是在大口呼吸完毕之后，却还是会不由自主地去追逐一个灵。或许，每一次轮回之前，都很清醒，也很懂得为自己吃力地打理自己。

text *to* 周末夜惊魂

噩梦是……

谜之音：

晚安，你如果做了好梦，可以独享，我不介意。

如果做了噩梦，尽管撒娇。

噩梦，是用来撒娇的工具，我早就看破这个秘密了。

是站着或坐着，在楼梯台阶上的扶手旁，吃你准备的早餐。那是你之前跟我说过，你会做的，很好吃的早餐。透明的塑料袋里，装着两片烤吐司，切边，中间的夹心，是你最近告诉我，你竖大拇指推荐，costco（好市多，美国最大的连锁会员制仓储量贩超市）买来的蟹肉棒丝。你烫过，泡过冷水，沥干以后，混着我喜欢你也喜欢的美乃滋。双手捧着你准备的早餐，今天又是一个在图书馆里奋斗的日子。“为了美好的可能奋斗吧，加油！”那时我是这样想的。你陪我还有你朋友，我们吃着你做的早餐，你的女生朋友闹着你玩，说你很贤惠。我则是从咬下第一口之后，从原本和你坐一起念书已经很满足的心情，到更加倍地开心，又不由自主告诉自己，自己很有福气。或许，不管好不好吃，从你预告我有好吃的蟹肉棒丝，到今天真的做给我吃，包括现在坐在我旁边问我觉得怎么样，这一连串光听就知道是你会做的事，我也已经大概知道自己为什么这么这么喜欢你，为什么你的朋友这么喜欢你。而我原本规律且不够模范的生活，也因为你重组而变得美好。

放学以后，我又再度赶到校门口迎接你出来，要一起到车站那边去补习。还好，今天也是我等你，总是害怕自己迟到给你看。但是怕，还比不上每天放学后的期待，你就是那个期待。今天也是一样，我站在校门对面侧边再偏一些，不喜欢这么张扬，一不小心就站在烧肉饭的门口，好香，但我怕你吃腻了，很少告诉你我要吃这家。每次当我背对着店门，望向将会出现你的那个校门，我看着两种颜色，从门口扩散，像倒了两杯水彩水，流出来，淹没黑灰色的马路。因为香味忍不住回头，身体站近一点，很轻易就可以感受炭火的热，看老板在烤肉架上把一片一片猪肉翻面刷酱，侧边炉上还煮着冒着白烟的味噌汤。

记忆里，好多地点是为你而前往的，但画面却只有风景和我，慢慢地，就这样，依照同样的比例，演变成后来的我们。

已经两天了我还是搞不懂我的计算机，找不回来的东西就是找不回来。这时女性友人突然打来一通电话，惊喜地以为是神派来的天使，可是求救失败，还好给了我一条线索，告诉我，计算机问题要求救的话，也应该去问臭男生。

臭男生，或许才是你认为合格的男生。更小的时候，春夏秋季制服是短裤、白长袜配黑皮鞋的时候，放学都会到那个臭男生家去。他们家和我规规矩矩的家好不一样，是一家可以做出汉堡、豆浆的早餐店，我从来没想过我有一天可以进到早餐店的柜台里来。他的爸爸有一张运动健将的脸，这也难怪他遗传了运动的基因。下课以后来到他家吃晚餐，看他爸爸在铁板上翻炒着白饭，加葱花，加蛋白、盐、黑胡椒，好香好香的蛋炒饭就这样完成。被我察觉到你开始不喜欢我的那个学期，学校举行了排球班际杯，我亲眼目睹他帮助班上排球比赛晋级；体育课自由活动时间老师总是找他单挑羽毛球，很会打篮球的同学也说他超强的，直到有一天我听到最在乎的你说，会打球的男生真的超帅！当下我便确定了要离开这里，我想要到另一个地方，一个新的开始，一个打从一开始每个人就认定我是一个臭男生的机会。

庆幸大一的生活总是二十四小时群居，让我有机会加入臭男生的行列。不过，对我来说，两个臭男生一起，好像比一群臭男生一起来得自在。你长得很好看，还有台北的人找你去试镜，你骄傲地拒绝。我们常常吃 Seven（7-11 便利店）的东西，特别是凌晨不想出校门的时候。那几次，我很感谢你的捧场，我假装对食物很有概念，在大亨堡（7-11便利店推出的一种热狗品牌）上面放了几片起司摆进微波炉。穿着夹脚拖的我们，在外面清凉的世界，看着微波炉里头的起司开始旋转、融化在面包的空隙之间，拿出来吃了一口，我说好吃，给你试试，你说超好吃。

后来在一次凌晨的MSN（微软推出的即时消息软件）聊天，一个女孩提醒了我，Seven是我第一次约她单独见面的地方："笨蛋，这你都不记得。那你记得，为什么是在Seven吗？哎，你真的是超级大笨蛋耶，因为你说你想去Seven买牛奶呀，你问我想不想陪你去啊！那你记得我们在Seven那里说了什么吗？哎哟，你根本什么都不记得嘛，我不说了。"我很想想起来那天我从牛奶区随手拿起的是哪一个牌子，应该不是"林凤营"吧，因为我实在不想用浓醇香来形容这段回忆，"那时候的我们，很浓醇香。"所以我猜会不会是Dr. Milk（牛奶品牌），因为我喜欢那样的牛奶瓶，虽然我一定会丢掉回收不会留，但总觉得在喝完以后，看着空掉的高级玻璃瓶，我们还能拥有一块小草皮，上面会开一些很可爱的花，缺钱的时候园丁会帮我们把花剪下来卖给路人换几枚硬币；但这个牌子贵一点，所以当下你应该会用一种"出发点是为我好，但是有可能造成另一次吵架"的语气，导致我买别其他牌子。所以，是统一吗？学校没有味全吧？还是瑞穗，我记得瑞穗牧场门口有一罐好大的瑞穗鲜乳，我常在不同朋友的相簿里，看见不同的朋友跟它合照。

照片里，有我好喜欢的开心笑容，还有在我终于学会对日复一日的城市漫不经心之后，就再也没有闻过的下雨味道。

text *to* 神秘嘉宾

马桶跟门，到底该不该换成会慢慢合上的？

1

有缓降功能的马桶盖是好的，能够自己慢慢合上的门板也是好的。因为，当我双手拿着垃圾冲出门追垃圾车的时候，如果想起自己没带钥匙，或许还能趁门合上前的一点细缝儿，赶快一个转身用脚顶住门；或是，如果我在浴室动来动去，手不小心挥到立起来的马桶盖，马桶盖就不会快速掉下来，发出“砰”的一声，吓到你。

但是，不能慢慢合上的马桶盖和门，其实也不错。如果我在浴室，手不小心挥到立起来的马桶盖，而马桶盖关上，发出“砰”的一声，吓到了你，我一定会马上说出：“哎哟，对不起，我是不小心的。”从我的这个反射举动，展现出我平时对你的呵护有加；而如果是你，不小心把马桶盖挥倒，你也会对我说：“Sorry！我是不小心的。”我也会觉得你很好。所以，不能慢慢合上的马桶盖，能让我们经历这个照顾彼此的时刻。

而且，会立马关上的门也很好。如果你一直犹豫要不要自己送上门来见我，一直犹豫到最后一刻，甚至犹豫到你已经打开我家的门，并踏进一步……那你就不用再犹豫，因为门就会立即把你关进我的家里，你也不用再犹豫了 。☺

2

有慢慢合上的功能是不好的。当我们对彼此的压抑超标，我想选择躲进厕所假装对马桶盖失手，故意发出一声“砰”来宣泄，接着，马上对你说声：“对不起，我是不小心的。”这样小小的发泄，和小小的欺骗，会让我有罪恶感，也会让我冷静。

但如果换成缓缓合上的马桶盖，我就不能用这一招儿，让自己冷静了。

或是，当我们就快要吵起架来，我想先逃出家里，避免吵架。

如果门是可以很快合起来的，我就可以装作自己是不小心被反锁在门外面的，并且利用被反锁在外面的时间冷静；但是如果门合上的时间很慢，我还装作不小心被门反锁了，我就会显得很做作。

也就是说，一旦换了会缓缓合上的马桶盖和门，我就不能再用这两样惯用的技巧在吵架的时候保护我们了。

唉……真是头痛，看来一旦换了会缓缓合上的马桶盖和门，吵架的时候，就不能使用这两样保护我们的技巧了。所以，换了马桶盖和门以后，我们就不能再吵架了。

那么，说好了，换了就不能再吵架。

那我决定换。

我喜欢我们不能吵架。

text *to* 残酷月光

和妈妈的最后一餐

她的不快乐是真的，因为就算大人不在，她也丝毫不会松懈下来。

我很确定那是小学二年级的时候，因为这一切都发生在进了学校右边的那一栋旧大楼，只有二年级的学生才会在那里上课。她的头发很长，是我看过头发最长的女生。某一天早自习，在大家毫无防备的情况下，老师把她带了进来，她已经换上跟我们一模一样的制服，制服是全新的，衣服上浆过的褶痕，也都还生硬地留在身上。老师说从今天开始，要把她当成自己的好朋友互相照顾。我不确定她的脸是苍白的还是她是真的皮肤很白，因为她的视线总是看得很低，那是少数几次她站在大家面前面对着大家。老师帮她自我介绍的时候，有一个女人站在走廊，虽然离门口很远，但是双手交叉在胸前的样子看起来有点凶，不一会儿老师要新同学坐下，女人就不见了。我猜，那应该是她的妈妈。坐在第一排的新同学从来不跟我们说话，我说的“我们”是指不论同学还是不同科的老师，我从来没听过她说一句话。

每天，老师跟她的妈妈，都会在早自习的时候陪她从走廊的另一头走过来。安静的早上，每一个学生都会抬起头，看着这个不情愿上课的长头发女生，又被哄来学校了，穿越走廊经过了一个班、两个班、三个班，跟老师走进了教室，母亲在门口看着她坐下，然后离开。离开之后，她就不再透露任何的情绪，直挺挺地坐好，不会像其他的小朋友动来动去，也不会把书拿出来，就是硬撑在那儿，直直地坐着，直到自己撑不下去了，才倒在桌上睡着，等到被下一个老师叫醒，再趴起来硬撑。而每一个老师，都像是有过协议，任由她赌气在位置上不发一语，只要她在这里就好。从第一天踏进这个班开始，她就没有放松过，在自己的座位上花力气坐好，不向别人透露任何事情，更别提跟我们打交道，要她多待在班上一分钟，凝结的空气都让人感觉时间变得更长，又更紧绷。即使到了下课时间，她也不会分心去跟其他人打闹。几天下来，她就像被逼迫硬要假装是墙上一部分的黏土，好像随时都会剥落，一旦剥落就再也黏不回来那样，只是很快就到了这一天，她终于撑不下去，剥落了。

一如往常，又是一个让人无法停止想偷睡觉的早自习，反正只要注意听走廊上的脚步声，知道老师来了，赶快振作精神就好了。今天老师来到的时间，比平时晚一点，随行的人，一样是那个长头发的女生跟她的妈妈。脚步声愈来愈靠近教室，却停了下来，然后远处的我们，只听到他们彼此丢出了几句话，再往前走，步伐比之前快一些，脚步更乱，即使坐在教室里视线还看不见他们，也能很明显地知道，长头发的女生今天是被家长逼来学校的。到了门口，老师先走了进来，转身看着她们。果然，她今天似乎一点都不想踏进教室一步，拉着她妈妈的手，把头面向妈妈的方向，像是要回避所有人投射在她身上的眼光一样，很专心地阻隔了这一位老师——只会在家长面前才特别把眼神放柔，用叫孩子别担心的语气。

但是孩子很倔，就算只是抓着自己妈妈的手不动，维持一样的动作，我也知道她花了很多很多力气，因为当大人轻推她的肩膀，要她改变姿势的时候，看得出她其实很用力地让自己保持不动。老师走上台阶，转身看向她们的样子，让人很紧张，那似乎已经表现出“我要上课了，请不要再浪费时间好吗”的样子。老师讲话的微笑一号表情，有着连小孩子都已经能察觉情绪要爆发的征兆。她的母亲看这样僵持不是办法，便蹲了下来，抽开自己被抓住的右手臂，双手搭在长头发女生的肩膀上，看着女生的眼睛。她们互相看着，那样的眼神应该代表着什么，但是我们都不明白。持续了一会儿，她的妈妈便顺利起身走了。

女孩子没有追出去，没有再多做什么没完没了的反应，但是自己立在门口，对着教室门旁边的墙，长长的头发及腰。头顶以上，是电灯的按钮和电风扇的开关，电风扇在我们的头顶转着转着，细细的噪声在噤声的教室里显得大胆。女孩儿的妈妈走了，老师在讲台上翻着课本，所有的人看着女孩儿和老师。老师低头盯着自己放在讲台上翻阅的课本，谁也没看，便说了一句："坐回去！"那是对女孩儿说的。"坐回去！"老师的音量终于提高了。一触即发的气氛使人神经紧绷。女孩儿继续站着，她只在乎妈妈会不会突然改变心意把她接走，不在乎坚持用背影示人所冒的风险，对她来说，多一秒的失落，只会给她多一分力气用最强硬的一面拒绝所有伪善的引诱，就算是恐吓。"随便你想站多久，你就站多久。"老师望向全班，"把课本打开，我们上课。"很快地我们全部把书拿到桌上，这比较是我想要的结果，我希望老师直接忽略她，就让她站在那里就好。可惜，老师还是把注意力转向了她："你要站可以，把书拿出来站。"我几乎不敢看，因为我知道女孩儿不会理会她，而老师已经开始生气，可是因为女孩儿的不快乐是真的，就算大人不在的时候，她也不会松懈下来，她要抵抗自己的不幸，对于所有落空的愿望，她只想讨回来。站在身后的老师，只是另一个对自己的遭遇冷眼旁观的人，呵斥的言语或是高昂的情绪，只是跟自己不幸的命运毫无交集的自导自演。

而另一方面，老师忍不住的愤怒，已经开始从砸在女孩子身上的黑板擦蔓延开来。我只希望老师可以忽略面壁的女孩儿，任由她自生自灭。可是，老师还是决定要她屈服，要她改变。老师说着，你们来学校，不念书，耍流氓，不理老师，以后也不会守法。手上的木条开始用力甩向女孩儿的身体，左边、右边用力地甩，女孩子是注定站不直的，她也只是一个以为逞强便会得到同情的小孩儿而已。老师往女孩儿身上甩木条的力道，每一下，都足以让老师梳理在耳后的头发再次滑过自己的鼻梁，脸上的老花眼镜也随着右手每一下的大动作，滑落到看不清的位置。老师，是铁了心要她彻底明白，耍流氓会有什么下场。女孩子开始放出声音叫起来，因为热辣辣的鞭打，停不下来。我们第一次听到她的声音，老师用木条继续往她的身上打，左边右边不停地打，老师说，因为她太不识相了，因为她脾气太硬了。我知道女孩很痛，因为她不停转着自己的身体，我猜想她会旋转自己的身体，是因为每一下接触皮肤的鞭打都让她痛得不能用同一个位置承受第二下，老师把她打向第一排的坐椅，要她坐下来，左右、左右地鞭打，一直到老师终于停下来，女孩子很快坐上位置，颤抖得厉害，老师咆哮要她“把书打开”，女孩子很快照做。她终于屈服了，是有比不幸更让人感到疼痛的事物存在的。

那一整天，我们每一个人都汲取了她被痛打的教训，班上没有多余的打闹，没人在下课钟敲起的时候自以为聪明、不识相地提醒老师下课钟响了。

又是隔天的早自习，比我们都还要早到学校的，是女孩儿和她的妈妈。赶在早自习钟响前，我们很快进了教室，把神经再绷紧起来，专注等着老师的脚步声。教室外的走廊上，是老师走了过来，走近她们，老师似乎有些意外她们今天这么早到学校。看到她的母亲，老师又出现了连小孩子都不会相信的善意，对她们说早。“早安啊。”老师说。她的母亲开口：“老师，请问你昨天有打她吗？”“没有啦，怎么会。”老师轻松地回答。母亲：“真的没有吗？”老师理直气壮了起来，甚至有点凶地说：“怎么可能！”她们一起进到教室里，“如果我有打她，会有人看到啊！”“你们昨天有人看到我打她吗？谁看到啊？”老师看着我们，“有吗，我昨天有打她吗？”老师随便对着前排几个同学大声地问，“你们昨天有没有看到我打她？”没有人响应，每个人都把头低了下来，没有人敢说谎，也没人想逞英雄。老师转头对她妈说：“如果，我真的有打她，不可能没有人看见，我对她很好，她最近比较进步了，来！各位同学，我们一起告诉她妈妈，我昨天有没有打她？”

“有！”我举起手，还没等到人允许我发言，我大声反击老师的谎话，“你昨天就是，这样！这样！这样子打她！”我模仿起老师昨天疯狂打她、用力往她身上甩木条的动作，左右、左右用力地挥，死命地复制老师昨天在她母亲离开以后判若两人的样子，一直到我吸进身体的那一口气吐尽，我才停下来，喘了几口气，低下头开始害怕后悔。

后来，并没有什么不好的事发生在我的身上。

几天后的午餐时间，大家羡慕地围在女孩儿桌子旁边。因为她的妈妈买了麦当劳，来陪女孩儿吃午餐。“哇，麦当劳！”大家自然无视自己便当盒里因为冷掉而被水汽沾湿的水饺，或者全糊成一块的卤肉白饭，全往女孩儿的桌子围了过去，看能不能分到那个香喷喷纸袋里的一根薯条。

其实，如果换成是我的妈妈，当着全班同学的面陪我吃午餐，我会很不好意思。但是，女孩儿的脸上真的很满足。我们都知道，她是真的很开心她的妈妈带着让其他同学羡慕的午餐，来陪她吃饭。

一群围在桌子边的小孩儿，用凑热闹的方式，为女孩儿终于降临的快乐庆祝。

午休时间，同学趴下来午睡，我们知道，她们两个默默地收拾好，将桌椅靠拢，轻轻地离开了我们，女孩儿跟她的母亲。那是我们最后一次看到女孩儿，她和妈妈很开心地吃着鸡块薯条喝饮料，让人感到幸福的孩子和妈妈。

她终于从一开始不快乐的女孩儿变成了让大家羡慕的女孩儿了，那是我们对她最后的印象。我常想，那天中午离开以后，她们去了哪里呢？那时天气很热，她的妈妈是不是带着她换了一所有冷气吹的学校，甚至搬了家，然后真正开启了缤纷的人生？女孩儿的过去和未来对我来说永远是个谜，只有一次放学的时候，我企图跟在她后面，想知道多一点。出了校门口，路上都是下课的小学生跟来接孩子走的家长，女孩儿走进一间杂货店，对着店里的一个角落望了一下，便转身跑走了。我走过去看看那个角落放了什么，原来是一排橘子汽水。

夏天里的橘子汽水，开瓶便涌上的缤纷气泡，那的确很符合她和她妈妈离开以后我们以为她的人生最终会拥有的样子：和妈妈一起共进的午餐，幸福到足以和其他人分享的最后影像，是我记忆中的女孩儿和妈妈，庆祝幸福来临的第一餐。

算式，A ridiculous dream

这个地方是民生小区某一条巷子里的文具店。

我今天来这儿听课。这类似一个补习班，班上同学很安静。这里没有椅子，每一个听课的人，都会被分配到一张矮桌，整齐地在地板上坐两排。教室不大，除了我以外没有人分心。台上讲课的老师，是我学生时代最受欢迎、在每个人心中地位最崇高的偶像。记得那个时候，新闻曾经报道他死了一个亲人，后来我就再也没有印象他出现在任何荧幕前。而当我抬头看着他写黑板的眼神，我知道他是为了眼前这一刻才撑了过来，同时我感谢老天怜悯，将他的才能一点不浪费地完全移转到另一个截然不同的领域。

他在跟我们讲解一个算式。

这个算式，可以算出你还要花费“多久”的时间等待，才能够见到那个已经死去而你非常想念的人。

课堂上我在啃咸酥鸡、很大一根炸排骨，我吃得津津有味。老师讲完第一遍进去休息，让听课的人自己算，我还在啃那根排骨，一直啃到老师出来，关心同学的进度，我才觉得有点危机意识，觉得自己未免表现得太漫不经心。

老师经过我身边，我以为他要骂我，但他没有，只是往我身后走去，关心另一个在纸上很用力涂涂抹抹的人。似乎每个人藏的心事，他都能理解。不知道是因为内疚，还是因为已经做好心理准备，我收起食物，把手擦干净，向隔壁桌的人小小声地说了一句：“对不起，我刚刚有点听不懂这里，可不可以再教我一次。”我把手指向黑板的左边。

视线转到补习班外面，一整排临停的车辆当中，一个来自印度的老教授，下了车，站在车门旁边，往教室的方向看。他是这个世界上另一个为了同一组算式投注毕生心血的人，他很好奇这堂课的理论与他自己所研究的有多少出入。原来今天这门课，引来了许多人的注意，门外停了很多车，包括新闻转播车，媒体、学者、民众、宗教组织……各领域人士都好奇着。

视线回到教室，我的眼睛很酸，揉了几下眼睛，再重新把眼镜挂上。我拿起笔和桌上的图画纸，离开座位，有点不好意思挡住别人的视线，赶快跑到黑板下方跪着，抬头看那些理论，开始埋首认真整理我的数据，如：在心中最挂念的那人死后，你在第几天梦到他，你相隔几天第二次梦到他；他死了多久，他在你生命中出现了几年，等等数据。很怪的地方是，每个人一定会算出一些“负的时间”，得到这些数据之后，便是简单地带入公式。公式很简单，时间、速率、分子、分母，相除……出来了。

我开始号啕大哭，我看到纸上的答案！原来我只要再等待这么长的时间，我就能够再见你一面！想起台上讲课的人，赔上了当初每个人认为应该属于他的璀璨前途，将生命如赌注一般，全押在一个算式的可能性，只为追求一个能用笔算出来的答案，甚至给予其他像他一样失去挚爱的人希望，我又哭得更理直气壮、更大声了。

离开这个梦之前，回头看了一眼那位有名的印度数学家，戴着眼镜，白白短短的头发，身上的土黄色西装显得温文尔雅。他也正擦去自己脸上的眼泪。然而，他知道我们傻，在他很年轻的时候，他也算出了自己想要的答案，但是等到最后还是没有见到那个他每天思念的人，他不知道出了什么差错，但那答案就是行不通。

看着每一张得到答案之后感动哭泣的脸，他跟着我们一起哭了，梦之外睡得昏沉的我，也哭得厉害。

八点四十二分……

只有你知道我知道，耳朵是爱情的入口，藏着最柔软的梦。

所以我们总是轻含吹吐着。

最后，我们流泪，我们无处可躲，我们互相割下彼此的一只耳朵，封闭最好的梦。

text *to* L

坐明星的车

陪我，去欧洲开车，把命运交给不可逆的规则。规则是，坐我开的车，一路安静地坐着，没有交谈或打闹，没有进食或休息。一旦上路，我们是恒定的角色，你别担心人的状态。

你说：那会不会很无趣呢?

或许无趣，

但是历史说明了爱慕会换来子弹，所以我们不如无趣，
而且这趟旅程也并不真的那么无趣。

上路之前我们先选定一个清晰的电台，
作为车里唯一的声音，
一旦选定就不能再换。

上路了。

撑过了几个恍惚的白天黑夜，如在时光隧道中的旅行，轻易就隔离了一切威胁生命的攻击；唯一不舒服的不过是失速导致面孔和灵魂脱节的滑稽样子。

我僵着敷衍用力的笑，你则是坠楼中惊恐失魂的瞬间。

我们定格得彻底，自然衍生的一号表情。

撑得比我们更久的人说，你的体会还要再更深刻。

虽然在开始飞行以后，身体和表情便开始凝固起来，但是车子里面流动的音乐，已经是代替我们最好的工具，我们不缺什么。

世上的人懂得唱悲伤的歌，左脸哭了，右脸却又狂喜起来。

你观察得知的矛盾，开始成为你的精神粮食。

有了粮食，便能像个人，为了粮食和做人，容易做成一个恍惚的人。

往前，去考验你没有把握的信念，人们叫它信心，过程的失望压抑只不过化作凝固的脸。

要不要，

陪我去欧洲开车。

L

薄唇

蹲下来翻行李箱里感冒药的时候，脑海闪过从前你吸鼻涕的样子。你的上唇薄薄的，上下两片嘴唇抿在一起，鼻子用力吸一口短短的气，不让鼻水流下来，你下半部脸的这一连串动作，是我对你印象最深的事。你太常过敏，容易感冒，但你却从来不会因为身体的病痛发飙。你当然有你的优点，虽然最后我离你离得远远的，可是今天我却好像倒霉般地复制了你一天：过敏、感冒、流着鼻水上健身房，而且莫明地比没感冒的时候更有想做运动的欲望，所以甚至挑战了新纪录。唯一不同的是，你在健身房打烊前的两分钟，做完最后一个动作，一站起身，昏倒了，但我没有。

然后，是你告诉我的命运之说。

你说，根据健身房里把你扶起的人讲，你整个人倒地昏迷的时间，其实只有七到八秒左右，可是你却去到一个奇怪的地方。

你看见你在外国的一栋公寓楼下，这种公寓，是门上有玻璃窗可以直接看到楼梯向上的那种外国公寓，然后你开了门进去。一进门，突然变得好黑，你心一慌，实时的反应却是顺着楼梯扶手拼命往上冲，三步并作两步上二楼，迎面而来呛鼻的香料味，像是浓郁数倍的泡面调味包，好诡异，因为这公寓好热。但你心想，这绝对不关我的事，所以你继续往上跑，一到三楼，步调自动变慢了，就像是回到自己家一样，你习惯动作般去握了门把，门一推开，一个侧身进到门后，还将原本插在门把上的钥匙拔下来收好。画面偷偷跳了几格，当你发现这点，是因为你的心跳已经平缓得像刚起床，你站在全然无光不知道什么形状大小的漆黑空间里，没有一点怀疑地再度轻轻合上眼睛。然后，有一个你直觉他是高高在上的“命运第三人”，要你的嘴巴去碰触原来已经等在你唇边的长饼干。从饼干的这一头，你开始啃，啃食最后的距离。不花一点时间你就已经感觉到前方也有一个人，正在跟你啃食同一根饼干，你们愈来愈近，一直到你感到他鼻息的热，你停下动作，他也是。没有人发出一点声音，那是你们第一次离对方这么近，你心想：再也不会擦身而过了。

“你要睁开眼睛了吗？”命运的第三人在心里对你喊。其实不用提醒，你好奇地睁开眼睛，你看到几乎要与你脸贴脸、那么靠近的另一副五官，你一眼往他的眉头看，鼻梁与眼眉之间的那一点点杂毛，然后是他微微下垂的眼睛轮廓，你记得那双瞳孔很漂亮，很浅的咖啡色，而且一直折射光，你终于意识到，除了这张脸，整个背景都还是一片黑暗 。你最后注意的，是鼻头与脸颊之间的黑头粉刺。

这就是你的命运之说。

然而命运之说，命运在哪里？不就是幻觉。你说，这超越了幻觉，因为隔天你就遇见了我，所以第一眼你就知道是我。

多么浪漫的命运之说，可惜你挑错了时候，你讲得太晚，也可能你讲得已经很早，只是时机错了，我就是已经比你更抢先一步对你的存在感到头痛。“我头痛的时候便无法爱你”，这是我在一张便条纸上学来的道理。

所以这样的命运之说，听在我耳里，只是建筑在幻觉之上用来挽留感情的一步棋，我觉得你这样很可怜，但是我没有办法，那个时候的我，已经彻底对你失去耐性，并且易怒。

有一天晚上我无论如何就是不开门让你进来，你等了很久很久，我没去算你在门外总共站了多少小时才走，但天亮之后看到你发来的短信写着：“我今天很性感，蚊子会咬我，我先走。”我知道你这样子说，是在帮彼此找一个不狼狈的台阶下，你一个人出力把残局收得干干净净，但是我却对你没有一点同情或感激。反而因为你用了“性感”两个字来形容自己，因为你轻佻地用这两个字，白痴地用这两个字，让我对你只有火气，让我觉得你果然轻佻、果然白痴。

我这么无情，但有薄唇的人，却是你；我只有一张肥厚又闭不上的烂嘴巴而已。

“我头痛的时候没办法爱你，就像你爱我的时候总是头痛。”—— 夏夏

text *to* 自然醒

Paul McCartney is dead

我在这栋公寓里面，已经住了半年，还记得第一次与房东见面交屋的时候，她看我带着一把吉他，好奇了一下我的职业。我仔细听她说的话，彼此笑着应答，知道她是个 film maker（电影制作人），也爱好音乐，她希望我能尽情享受她家里收藏的大量CD。只不过，她的热情面对我长期的疲惫，气氛一阵尴尬，没几句话她便和我道再见下楼离开，剩下我一个人面对这个陌生的家。在这里的前两个月很不适应，因为她的东西几乎没有拿走，梳子、衣服，甚至没吃完的麦片，我不过像是到别人家里做客而已，睡的也是她的床单，没有一点自己的空间。最不喜欢的，是她在卧室的门板上挂着整面、已经积了不少灰尘的高跟鞋。我只能靠自己每天努力清洁不同的角落，和每一寸地板培养感情，一点一点把地盘占据。

她特别交代我，每个礼拜会过来收一次信，虽然未必会见面，但是如果公寓有什么小问题，诸如冷气电灯，我还不知道如何解决的，不用客气尽管告诉她，要我把这里当作自己家，还有桌上的计算机，虽然不够新，但是操作起来没有问题。

两三个礼拜过了，已经自认够熟悉公寓附近的生活设施，哪里可以找到什么食物吃，甚至哪里有便宜的食材、水果、卫生纸，都已经不成问题。待在公寓里的时间也开始变得愈来愈多。这个城市是特别的，无法对各种语言熟练是好的，因为每天一出公寓，一旦将门合上，进入街上行人的行列，马上强烈感受到自己已经浮沉在各种文化汇集的河流里。在这里生活得没有主题的人、走马观花的人，哪怕只是早晨踏出门的一秒钟，就能立即感受到被淹没的滋味，毫不留情地。

我想我的房东是一个心地非常善良的人，也或者她相信我是个好人，虽然她早就预知公寓里的计算机会被我使用，但她却没有将她的信箱账号注销。没有特别的理由坚持这一点点道德上的洁癖，我完全不避讳地窥探那几封竟然用中文往来的信件。也许她说不懂我的语言是个谎，也有可能那并不是我房东的信箱账号，也许是上一个房客忘了注销，也许是她同居人的？我相信她不是一个人住，不然她把原封不动的公寓租给了我，那她能去哪里呢？这件事情虽然奇怪，但是我并没有打电话问她，总不能因为偷看了别人的信，还天真地提问吧？再说，有什么是值得好奇的呢？一座城市里，多的是我们不能理解的事。管他的，早就应该见怪不怪。

我尽量注意不去打开新的未读信件，不愿意被人发现这里住了一个偷窥狂。但我却相信我被绝对地授予了窥探这些信件中来往故事的权利。我对它们太熟悉，因为太渴望它们的真实，而自我人生的对照组，相较起来却像是以幻觉自居、明明破了却难割舍的万花筒。来往的信件里描述着公寓里的事，就好像我如今的处境，我认为自己像极了另一号被忽略的隐形房客。

从开始寄生于那些不属于我的故事开始，慢慢增加倾诉的成分。封闭在公寓里的时间愈来愈长，我就更确认我想告解，我想倾诉，最好的对象便是无法表示赞同或否定、无法令我心碎、无从选择听或不听的被偷窥者。

L，在发行他的第一张专辑之后，遇见了我。我们惊讶于彼此有着相似的五官，一样含糊地说话，除了我们有着不同的脸型。另外，我们当时都陷入很深的忧郁，我的年纪比他大，却一直听不懂他忧郁的原因。L疯狂的提议是，他要给我他的一切，包括他之前比赛得到的一大笔奖金、他的身份、他的未来，他要我成为他，他要我永远变成他。

这是个极端的想法，可是我却被他说服，因为当时的我并不爱自己，我们两人共同的绝望很快变成了信仰，并且义无反顾。我并不觉得我会成功代替他，可是，我却真的开始花钱，在肉体上切割、修补。并且花了很长的时间，学习他唱歌的时候应该有的声音表情，我们每天都用录音的方式来练习，一边听一边修正，L发出几个特定子音的时候唇齿的关系、几个特定元音嘴巴没有全开的共鸣，一直到L自己都几乎分辨不出来哪一句是我，哪一句是他。L是注重细节的人，虽然很多细节并没有办法做到百分百一样，可是L不断给我信心，告诉我他全盘的计划推想。他开始减少上电视和版面的机会，不让自己太密集地在群众面前更新状态，想要制造每相隔一长段时间再曝光，都会和之前的自己有着不同价值观或是更改表演方式的错觉，有时故意讲话精神，有时自然沮丧。他那时也开始留起长长的刘海儿，有意遮掩自己的脸，不让观众看到他完整的样子，并且刻意熬夜，用糟糕的状态示人，而且完全不化妆。我们甚至很早便开始整理网络上L的一些照片，我们将那些照片下载做了些微细节特征的修改，再重新散布回网络让它随意流传。

长刘海儿，糟糕的皮肤、气色，失去肌肉弹性的声音，他在为我之后的替补制造一个落差。他说，只要等到那个大家期待L焕然一新的时刻到来，我的出现，便会是符合大家期待的样子，并且没有破绽，因为到那时候，我身上与他不同的地方都会成为一种进步，较大落差的相异处，看在群众眼里会是一种大幅度的进步和新气象。他大胆说，只要我接替上他离开的时间点，并且用积极的态度得到新的群众，之后我便能循序渐进地展现自己，甚至可以不用再模仿他的一切，因为观众会觉得，那些不一样的地方只不过是观众眼里看到的一个歌手的变化罢了。我觉得好笑，可是L说："你知道，再也没有比现在更好的时机了。"他想离开，而我也不够爱自己，我们还拥有那些天生的共通点与能力，难道他的身份、他赠予我的比原来更高的起点，并且不必为失败付出代价的人生还不够吸引？

他的坚决与执行力道，的确对我那时的犹豫起了很大的催眠效果。现在想想，他所构思的所有细节，没有一项是为失败而衍生的替代方案，他琐碎的细节，原本就不是全盘考虑，即使失败了，他还是会走，只要留我在场上，他就能走得潇洒，所有的冲突，在我成为他的那一刻就已经完全由我接手了。这一点，我到现在还不能释怀。

他最常用来鼓励我的例子，就是披头士成员 Paul McCartney（保罗·麦卡特尼）其实早在1966年就已经死于一场车祸的传闻。1966 年的一场意外，让当时真正的 Paul McCartney 在意外中已经死亡，而其后代替 Paul McCartney 的，其实是一个名叫 William Campbell（威廉·坎贝尔）的人。即使披头士的其他成员和公司，已经在他们的许多作品当中都不断暗示这个事实，甚至主动在专辑里面放上 William Campbell 在接替已故的 Paul McCartney 整容前的照片，大家也不过误以为那只是一张 Paul McCartney 为了新专辑而拍摄的乔装照片。不论是 1966 年之后，Paul McCartney 与其他成员站立时的身高相较以前高出许多，还是他耳垂明显分离的特征，这些再容易辨识不过的事实全都被人搜集起来，最终，也只是沦为一个传闻，因为那些爱他的人不愿他消失，William Campbell 就这样成为那个继续活着的麦卡特尼。而到了今天，我们希望这个永远都不要再死去的麦卡特尼，甚至比麦卡特尼当自己的时间还要久。那么究竟，哪一个才是我们崇拜的 Paul McCartney 呢?

是的，L 说对了，至少到今天都对。后来有人去比对了 Paul McCarney1966 年之前和之后的声音、指纹，发现的确不同。但那又如何呢？算算时间，到今天为止，我当 L 的时间，也已经早就超过 L 当他自己的时间了。

即便我不用再去用他的声音语气唱歌说话，也不用再维持很像他的外表，大家也自然而然地认为我这样才是 L，我已经完全变成 L 了。也或许，我才是真的 L，当初的他只是一场错误，我对于如何与 L 的身份战斗共存，没有第二个人比我了解，他不过是一个提早退场的逃兵。

我已经很久不曾这样想起 L 了，因为我早已经根深蒂固地认为我就是 L。

还记得他最后一场在众人面前的歌唱，他唱了 Morrissey（莫里希）的 *First of the Gang to Die*，那个时候，便是他已经保持了很长时间都不在众人面前化妆，每天熬夜，并且留长刘海儿的时候。而我也差不多准备好了，就等一个符合大家期待的焕然一新的时刻上场，让他走。

那一刻，真的没有人发现。

而一旦被信任的事，无论用什么方式推翻，都不会被消灭。社会上每个人有各自的见解，见解衍生见解，真正左右观感的，从来都不是真相。

Cheers, L！不管你现在在哪里！但我相信这一刻如果你也在，你也会觉得过瘾。我的房东收集超多 CD，我现在在家里大声地播 Morrissey 的 *The More You Ignore Me , the Closer I Get*。 想不到最后，我还是跟你一样逃了。

我现在是快乐的，你呢?

All about this book | **我们从未不认识**

前半为小说家万金油以林宥嘉的 12 首歌为文本，衍生而成的 12 个故事。
后半为歌手林宥嘉阅读万金油的 12 个故事后，记述再创作的 12 篇文字轨迹。

我们都是旁观者，我们都在冷眼窥视
我们不认识，我们从未不认识

www.facebook.com/yogafiction

文本 / 文字 | 林宥嘉

I'm not a rock star, I'm a xxxxing musician. — Taylor Hawkins

《神祕嘉宾》《感官 / 世界》《美妙生活》《大小说家》《Jazz Channel》专辑
“迷宫” “感官 / 世界” “神游” Live 巡演

他思考，他吟唱，他写梦，写幻想，写思维的切片，
总是试着站在众人理解的对向处，尝试各种选择和改变很多选择。
我们窥视、想象，加上一点自以为是，我们不认识他，我们从未不认识他。

小说 万金油

任职媒体，有三只貓。著有《越贫穷越快乐》《女朋友．男朋友》改编小说（与杨雅喆合著）。

图书在版编目（CIP）数据

我们从未不认识：林宥嘉音乐小说概念书 / 林宥嘉，万金油著 .
-- 长沙：湖南文艺出版社，2013.11
ISBN 978-7-5404-5224-7

Ⅰ . ①我… Ⅱ . ①林…②万… Ⅲ . ①短篇小说 - 小说集 - 中国 - 当代
Ⅳ . ① I247.7
中国版本图书馆 CIP 数据核字 (2013) 第 233752 号

上架建议：畅销 · 文学

我们从未不认识：林宥嘉音乐小说概念书

著　　者：林宥嘉　万金油
出 版 人：刘清华
责任编辑：薛　健　刘诗哲
监　　制：蔡明菲　潘　良
策划编辑：李彩萍
装帧设计：永真急制 Workshop
摄　　影：登曼波
美术编辑：张丽娜
版权支持：文赛峰
营销编辑：李梦雅　尤艺潼
出版发行：湖南文艺出版社
（长沙市雨花区东二环一段 508 号 邮编：410014）
网 址：www.hnwy.net
印 刷：北京鹏润伟业印刷有限公司
经 销：新华书店
开 本：880mm × 1230mm 1/32
字 数：200 千字
印 张：7.25
版 次：2013 年 11 月第 1 版
印 次：2013 年 11 月第 1 次印刷
书 号：ISBN 978-7-5404-5224-7
定 价：49.80 元
（若有质量问题，请致电质量监督电话：010-84409925）